愿时光
待你温暖如初

梦里花开 著

中国华侨出版社

图书在版编目（CIP）数据

愿时光待你温暖如初 / 梦里花开著. —北京：中国
华侨出版社，2015. 11

ISBN 978-7-5113-5751-9

Ⅰ. ①愿… Ⅱ. ①梦… Ⅲ. ①散文集—中国—当代
Ⅳ. ①I267

中国版本图书馆 CIP 数据核字（2015）第 258323 号

愿时光待你温暖如初

著　　者 / 梦里花开	
策划编辑 / 周耿茜	
责任编辑 / 文　喆	
责任校对 / 王京燕	
封面设计 / 尚世视觉	
经　　销 / 新华书店	
开　　本 / 880 毫米×1230 毫米　1/32　印张 /9　字数 /200 千字	
印　　刷 / 北京中印联印务有限公司	
版　　次 / 2016 年 1 月第 1 版　2016 年 1 月第 1 次印刷	
书　　号 / ISBN 978-7-5113-5751-9	
定　　价 / 28. 80 元	

中国华侨出版社　北京市朝阳区静安里 26 号通成达大厦 3 层　邮编：100028
法律顾问： 陈鹰律师事务所
编辑部：(010) 64443056　64443979
发行部：(010) 64443051　传真：(010) 64439708
网　址：www. oveaschin. com
E-mail：oveaschin@sina. com

目录
Contents

第二卷　最远的你是我最近的爱

第一卷

那年、
那月、那情

第一章
潮湿的记忆

黄昏，迎来了一场久违的雨。

伫立阳台，长发轻扬，江风浸润着薄薄的清凉，连日来浮躁的心绪慢慢地沉静。摊开手掌，雨滴温软，一如梦里寂寂的期许。

躺在阳台的摇椅里，嗅着茉莉淡淡的幽香，微闭双眸，听雨淅淅沥沥。某段流年，在水意中慢慢地醒来，残存的记忆碎片，若一幅幅水墨画，画里的人和事，渐渐地鲜活，随雨飘浮……

曾经，特别喜欢和迷恋一个小镇。

那个小镇，离大学校园近五里路。小镇坐落在浅缓起伏的山脚下，镇前，一条江缓缓地淌过。

小镇的街成"丰"字形，沿着"竖"型的街前行，可以通往江畔。

小镇并不繁华，只有几家零落的家常馆、冷饮店和茶吧，但缘于附近有两所大学，每到周末，宁静的小镇便热闹许多。

小镇的茶吧大多临江而立，配以古朴的桌椅和陈旧的木格子花窗。窗外，一年四季，遥山淡水，鸟语花香。

我喜欢喝茶，喝茶可以养心、顺气。每每不开心的时候，我便独自去茶吧，点一杯苦丁，找一个临窗的位置，傻坐。

喜欢小镇，还缘于有涛，涛是大学时的恋人。

那时，我们囊中羞涩，到了周末，去爬爬山、压压马路，然后找一家便宜的家常馆大吃一顿。而小镇因为有山有水还有物美价廉的吃处，便成了我和涛常去的地方。

周末，我们在学校门口乘 78 路公交车到达小镇。我们徜徉在小镇的老街上，心绪宁静而淡然。走得累了，我们就去江边，躺在绵绵的草蔓里，温香软语，或，谈三毛、席慕蓉、徐志摩、张爱玲……

有时，我们也畅想遥遥无期的未来，遐想毕业后在小镇里住下，开一间茶吧，悠闲自在地做生意，过那种醒来明月、醉后清风的日子。

那时，天空总是很蓝，幸福也很简单。

其实，我更喜欢雨中的小镇。

蒙蒙的细雨轻轻地洒落在瓦砾上，湿湿的青苔流淌着岁月浅淡的痕迹。此时的小镇，嘈杂中带着些许安静。行走在老街，有种强烈的归宿感，偶尔，也滑过淡淡的感伤，随了细雨轻风飞扬。

飘雨的日了，涛特别地疼我，怕我淋了雨后会感冒。涛撑着伞，轻拥着我，他的衣服到最后总是湿了大半。

和涛相爱三年多，也陪伴了小镇三年多。

最后一次去小镇，是初夏的一个黄昏。我们默默地走在老街上，谁也不说话。涛紧紧地拉着我的手，仿佛今生再也无缘牵手一样。

我们静默无语，直走到江畔。

那时，漫山遍野的绿浓得化不开来，有些不知名的花儿，若夜空里的繁星在绿海里流动。柔软的江风夹带着沁人的绿液，拂过面颊，滑落的却是滴滴清泪……

我是一个特别怀旧的人。涛离开后的日子，我常一个人去小镇的老街，来回地走，寻觅旧时的花香，很长一段日子里，躺在小镇的记忆里不愿醒来。

去一次，伤感一次，伴随一路的是孤独和思念。

小镇里有太多的故事，每天，都有人在这儿牵手或分离。我和涛，还有许多人，都是老街匆匆而来又匆匆而去的过客。而小镇默默地承受着爱情的分分合合与悲悲切切。

常常想，小镇承载了多少的历史沧桑，人间冷暖，它却没有人可以诉说，唯一能做的就是静默地倾听。或许，只有那条江，会带走小镇的悲欢离合……

雨还在下。

不知是雨还是泪，眼角湿湿的。

阳台上的茉莉，洁白素雅，宛若青涩的花样年华，散落的雨滴，温润而潮湿，若水样的春愁，浸润着淡淡的忧伤，思念碎落在时光里，踩痛了一地花影。

心，沦陷在过往里，寻找那些渐行渐远、越来越稀薄的记忆，幻想着拉住些许遗失的温暖。

静静地看着茉莉，青春若茂盛的花开，终有凋谢的一天，正如鲜花与果实，果实曾经是鲜花，但并不是所有鲜花都能成为果实。

有些花，开在旅途，有些爱，失去也是一种幸福。其实，幸福是一种感觉，只有知道自己拥有的东西是多么珍贵，才会明白自己原来那么幸福。曾经的爱随着青春一起散场，然，来时路上的点滴，糅和着美丽的孤独，淡淡地芬芳。

流火一样的七月，只有记忆是潮湿的。一个人在缄默中行走，盘点微疼的青春，慢慢地明白：有些爱，就算走到了生命的尽头，也将同青春的烙印深藏于内心，永不消逝。

第二章
春深似海

　　几日绵绵的春雨,天气终于放晴。日光倾城,阳光的味道开始浓烈,掠过头顶的风,剪破天空纯透的蓝,跌落的清音,搅动一江春水。莺飞燕舞,柳色青青,一茬又一茬的花开,在鸟鸣里起落,尘封的心河,开始谱歌,某场遇见,在春深处隐遁,像一场风中的行走,没有开始,亦无结束。

　　春色,在枝头肆意地蔓延,浓得化不开的绿,若某些久违的念想,携了旧时的风尘,穿越而来,沿着青藤攀缘,把日子反复缠绕,某些思绪,随季风漂泊,温软如棉,细腻若风,摊开手掌,握住又一季的繁芜。

　　站在树下,仰望一树的繁华,某些情节,在仰望中飞翔,一些场景,在时光里鲜活,某些前尘旧事,涉水而来。想起多年前的那个四月,南山的春色浓郁如海,莺飞草长,春风徐徐,海棠花如女人的胭脂，沾满春的眉眼，在阳光里繁盛，一树树樱花，在风里纷飞，像一场初冬的雪落，静寂无声。我站在树下，长发随泥土的芬芳飞扬，你站在树外的小径，浅笑如风，用相机定格我青春的容颜。

关于那一场花事，在很多个春天里复活，还原的情节，在物是人非里渐渐荒寂，偶尔的怀想，少了初时的喧嚣与热闹，像一幅时光深处的水墨，浅淡的几笔勾勒，一些暗影便在光阴的底部沉积，任由时光如何打磨，也无法褪去某些残痕。一场无法言说的离别，就这样从沸腾走到凉薄，那么多痛彻心扉的日子，在时光里远去，再回首里，那些阑珊的记忆，寥落得如断弦的曲子，在来时的路上浅唱低吟，零落成泥，交付春花秋月。

偶尔翻阅旧时的照片，一些场景在春天的伏笔里隐藏，打开的情节，像所有的故事一样，遇见之始，便已写好结局。生命就像一场场告别，那年的七月，茉莉花刚刚开着，离别的站台，汽笛声起，挥手转身，火车一路向北，渐行渐远的身影，定格成永恒的错肩。多年后的七月，伫立在从烟台驶向你在城市的海船上，安静地吹着海风，嗅着大海湿湿的咸味，忐忑不安地拨通你的电话，声音依旧，眼泪一瞬间扑腾下来。当抵达你的城市，说好的一场重逢，在我的沉默里搁置，纠结的情绪，在一篇"相见不如怀念"的文字里慢慢散去。

这个春天，我在油桐花开的四月迷失。一些旧疾，随春草复发，汤药里，弥散着一些遗落的细节。想起那年的一场病痛，我咳出的血如杜鹃殷红，你在惊慌失措里脸色如纸一样白，多年前的情节，在这个四月里重叠，恍然若梦，像一束飞驰的光，陈旧的片断，再也无法捡拾。

雨后的初晴，城市的青灰层层脱落，天空干净而澄明，蓝得不染一丝杂质，像一湖清澈的湖水。偶有飞鸟掠过，丢下一串串清脆的鸣唱，吹开蝴蝶的翅膀，某些遥远的光阴，随彩翼起舞，一些人一些事，便在时光之外轻轻地走来，近了又远，远了又近，像一部黑白电影，一些剪影清晰了又模糊，模糊了又清晰。那时，便有微薄的幸福，在水意中袅袅而来。

还记得那个春日，母亲从春色里赶来，斑白的发丝里散发着油桐花的气息。母亲端着汤药，坐在我的床头，与我细语。母亲怜惜的眸子，在我身上游移，眼角的余光落在我的心尖，一种莫名的疼捂住我的胸口，比这场病痛还要猛烈。母亲坚持着要我当面把汤药喝完，怕我任性地在一场病痛里沉溺，一份经年的牵挂，与母亲目光交错的刹那，我读懂了母亲所有的表达。

站在风里，送母亲离开，母亲走了很远，还回过头来叮嘱："记得吃药啊。"我"嗯、嗯"地应着，母亲苍老的身影，在我的泪水里渐渐模糊，慢慢地消失在春的深处。我抬头看天，那时，天空正蓝，阳光正好，所有的时光安稳妥帖，一瞬如同数年……

第三章
记忆舞秋风

（一）

秋日的午后，阳光淡淡，一朵又一朵云在天空里流动。

我和你，手牵手在山野里漫步。小径两旁开满了许多不知名的花儿，白色、淡蓝、浅紫，这些都是我喜欢的色彩，那些花儿，像蝴蝶一样在秋风里翻飞。

你说，遇见花开，真好！

我浅笑。想起初次遇见你的情形：那是一个长得不能再长的下午，薄暮时分，我拿着几本书去阶梯教室，边走边想着心事，不小心踢到了石子，书跌落一地。转身拾书，你微笑着递我，你纯朴的笑，像朵花，开在我的心田。

走得累了，我们坐在草蔓中歇息。我仰头看天，你却看我。

你说，相遇，竟那么美。

我不语。看流动的云。尘世里的遇见，美若流云，一世的情缘，遥遥在宇。

你还说，我是从诗词里走出来的女子，遇见，就是用来疼的。

幸福，在阳光里流淌，温软，若棉。

空气里浸润着淡淡的落叶味儿与花香。我们静坐不语，聆听风吟。时光，如此静好。

风，扬起我的长发。你双手温柔地穿过我的发。你说，好喜欢我飘逸的长发。我说：如若喜欢，长发永远为你飘。

整个秋天，山野、林间、江畔，遍布了我们的足迹。我们一起看澄明的天、纷飞的叶、盈盈的水、柔润的月。

你说，会陪我，生生世世，永永远远。

整个秋天，风，没头没脑地吹。快乐充盈着每一天每一秒，一朵又一朵花在生命里绽放。

（二）

相恋三年多。最后，不得不分离。这是一场宿命的安排。

送你离开，千里之外。离别的车站，除了泪水还是泪水，说不出一句话来。

"祝你一路顺风"的歌声在站台里飘荡。你的双手最后一次穿过我的长发。

你说："等我!"然后，转身，离开，挥手。

火车，一路向北，渐行渐远。

你在北方，我在南方，坐望同一个秋天。

南方，还一树葱绿时，北方已落叶纷飞。心，在阳光里苍凉。一个人行走在落叶满径的路上，沙沙的声响，踩痛我的心，无言的结局，开始上演。

时光，开始斑驳。我不再看云，只在凉夜里望月。秋夜凄冷萋萋冷，离人哭思苦苦思。思念，在夜里疯长。浸水的月色，淌落一片又一片清冷，潮湿了眸子，淋漓一地的忧伤。

秋情愁长恐夜长。一个人的夜，静谧、寂寥、惆怅。我在夜风里捡拾零碎的片断，以回忆为枕，浅睡还醒，总是在梦里追寻着远去的列车。

若，记忆可以下酒，我宁愿一场宿醉。我开始把记忆封尘，让心独自流浪，去远方，放逐冗长的念想。

日子，在等待中变得漫长。再次知晓你的信息，已是黄叶满地的深秋。

你在遥遥的北方，问我"还好吗?"只此一句，揉碎了我的心。

在暖暖的秋日，我又开始看云。只是，不再有你。

从此，独自一人走完一个又一个秋天。

(三)

季节，是一条河。转眼，又流到秋天。

雨，下了一场又一场。瓦沟里的青苔厚了一层又一层，湿了又干，干了又湿。时光，在青苔中隐遁，日子慢慢地瘦成一条缝。总想抓住些什么，摊开手，都一一从指尖滑落。

黄叶送风，残荷听雨，枯草凝霜，孤雁哀鸣，秋，一点、一点地深了。一同深的，还有时光、日子与心。

窗台的菊花开了，那么安静，那么淡然。与菊对视，却不敢，许自己"人淡如菊"。行走在红尘，总有那么些悲欢、纷扰、离合、牵挂、思念牵扯着自己的脚步。

黄菊开时伤聚散。秋，是一个让人感伤的季节。于我，秋是捆绑记忆的墙。时常，丢失了记忆之门的钥匙，别人进不来，自己也出不去。而自己，甘愿沉溺、放任。

记忆，在秋风里醒来，开始鲜活。那段流年，那段情感，近了又远，远了又近；清晰了又模糊，模糊了又清晰。近时，仿佛如昨，远时，恍然若梦。

往事只能回味。每每追忆，点点滴滴，淡淡而来，又淡淡而去。若一阵风，捎来某种熟悉的味道，一会儿又跑了好远好远，仿若一切都没有来过。

秋阳暖人的日子，我又开始仰望天，看一朵又一朵云飘过。偶尔，我会想起和你一起看云的日子；偶尔看照片，会想起从前的你。感觉有些许薄凉，却没有了初遇时的幸福与甜蜜，亦无分离后的悲伤与苦痛，有的只是一段淡淡的回忆。

时常，望着云遐思：云深处是什么？其实，云深处还是云。就如，时光深处还是时光。

终有一天，时光会把记忆挖空。如若可以，就还生命以过程，所有的幸福、快乐、疼痛与忧伤，都是历经后的财富。一份又一份拥有，人生变得斑斓、灿烂。

　　风起的日子，头发翻飞，偶尔还想起你的双手穿过我的黑发……

　　窗台的菊，在风中一瓣又一瓣散落，一如绽放时，安静、淡然。

第四章
相见不如怀念

（一）

夜深，却无法入睡。

窗台上的茉莉安静地开放，细琐而洁白的花瓣，宛若青葱岁月里的那段情感，在我心底最纯洁的地方，漾开。

那年，七月，茉莉花淡雅的清香飘满了校园，我和涛最后一次漫步在大学校园。我们十指相扣，脉脉不语，缓慢地前行，手心里却一片湿润。离别的感伤在空气里弥漫，泪水在眸子里打着转儿。最后一次依偎，拥抱一身的潮湿。

花依旧，人空瘦，往事一幕幕，清晰如昨。曾经走过的丝丝缕缕，来来回回地飘浮着，我捡拾一个又一个细节，摊开、拾起、再摊开。

关于那段又美好又寂寞的流年，有太多的疼痛与伤感。多年前，站台上的轻轻一挥手，便成了久别，你回到了北方，而我留在了南方。你带走了所有的温暖与希望，留下伤痛的记忆，让我在寒夜时独自回味，溢满思念的泪水在久久的守望中凝结成霜。

好长一段日子，我活在过去、活在忧郁里，不愿意走出来。无数个凉月如水的夜，在昏黄的灯光下，一个人独舞，我的心是那么的荒芜！

时间，是医治创伤的最好良药。每天，悲伤重复着悲伤，日子重复着日子，生活在重复中缓缓地前行，在无望的等待里，忘记了该忘记的，放弃了该放弃的。

（二）

有人说：一座城，一个人。

关于大连，苍白如纸，而它一直在我的记忆之城里鲜活，只缘于这个城里住着相爱三年多、最后劳燕分飞的涛。这个魂牵梦萦的城市，多年来，像一个七彩的梦，在心深处最隐蔽的那片天空里飞翔，而当我真正地抵达时，梦，不再斑斓，变得平淡而悠远。

记得，那日黄昏，落日的余晖映照着海面，美得让人眩晕。站在从烟台开往大连的海船上，拨通涛的电话，告诉涛第二天去大连看他。

涛说："好啊，欢迎，等你！"简短的话语，感觉不出涛的悲喜。

还记得那年和涛一起在重庆的长江边散步，我沉醉在江天一色的美景中。涛说，傻林儿，这算啥，海边的黄昏才真叫美呢，毕业后我带你去大连看海。

涛的话仿佛还响在耳畔，弹指一挥却是十多年。湿湿的海风浸着淡淡的咸味迎面扑来，面朝浩渺的海，我的双眼禁不住阵阵发潮。

大连的夜，流光溢彩，我们一行人漫步在星海公园。街头，到处是流动的车、流动的人、流动的景，而我流动的心在不属于自己的城市里漂泊，安静地想象涛现在的样子、想象着见面时该有怎样的情绪……

孩子，欢呼雀跃，不停地拍照。

电话响起，涛说："在哪儿，我来接你。"不知为何，我突然说了一个"不"字，便挂断电话，关机。

我走到角落，悄悄地拭去泪水，从未有过的轻松。

风夹着草坪的青草气息轻轻地飘来，吹在我的脸上，不带一丝灰尘，洁净而又清爽，没有一点躁动，宁静得如一湾溪水，流淌着那些与涛一起走过的日子。

那一夜，在大连，没有去见涛，涛年少的影子伴着点点潮湿引领我一步一步走向宁静的快乐。那一夜的时光，安宁丰蕴，从容悠长。

（三）

夜色如水，温柔而薄凉。

桌前的咖啡，热气袅袅升腾，色泽圆润如绸，无法看透其内蕴。

咖啡的香息弥漫而来。抿一小口，有些苦涩，有些芳香，还有浅浅的甜润。总觉得喝咖啡，是一种寂寞，也是一种生活。一口、一口地啜饮，一口、一口地品味，绵长，悠远，荒凉。

其实，很多时候，生活就像一杯咖啡，无论多么的香郁，总是伴随着苦涩，总是伴随着淡淡的忧伤。就像我和涛的那段情缘，相爱时的甜蜜，相离后的疼痛，回望时的无奈，都抵不过现实。再回首，物是人非、流年暗换、烟雨如梦，天涯只是陌生的背景。

想起，前些日子，遇着大学时的闺中密友。闲聊中，谈及大连一游。当她听说我放弃了和涛见面，她百思不得其解。

其实，只有自己知道，接到涛电话的刹那，忽然明白：所有的初见都是美好的，只是随着时间的流逝，所有的青春韶华都会变得面目全非。自己一直深爱着的也许不是涛，而是自己的少女时光。

现实安好，岁月无尘，相见不如怀念。想念，虽然很痛，却能保持初时的模样。

每每回味那一段青涩的爱情，如饮咖啡，苦涩里流淌着淡淡的香甜，虽然寂寞，却能保持平静，虽然孤单，但在长久的沉淀后，会流溢出静谧的香。

咖啡的淡香缓缓地淌过心田，静坐在宽敞而雅致的屋子，任缥缈的音乐在屋子里萦绕，任桌上的咖啡杯静静地陪着我。

心渐渐地暖和。

安静地打开大学时的照片，彼此温柔的笑，如池塘里盛开的莲花，安静而洁白。

第五章
莲的心事

（一）

　　夏季，是荷的世界。满池，荷叶田田，坐在时光的流水上，在风中荡漾起一层又一层绿波。一朵又一朵莲花在绿波上盛开。无论是雨中的莲、风中的莲，抑或，是月色中的莲，都有一种超然脱俗的美。

　　于我，是喜欢莲的。不，严格说来是钟爱莲的。因为，莲是我赋予了生命的花朵。对有生命的花朵，已经不是浅喜，而是深爱了。喜欢莲的安然与淡定，总觉得，莲的美，美得纯粹，美得决然，若一个安静的女子，行走在自己的世界里，想着自己才懂的心事。

　　一直不敢把自己喻为莲。而我，却有着和莲一样的心事。

（二）

尘世里，每一分每一秒都上演着遇见与分离。

莲花盛开的七月，我们不期而遇。相遇的瞬间，没有惊鸿一瞥的慨叹，有的，只是"呵，原来你也在这儿?"的久远与淡然。

这样的七月，这样的相遇，充满了诗意，风中的蝉鸣，池塘里的蛙声，柳荫下的虫吟，因了这份相遇而变得生机盎然。

一潭静水，因一粒跌落的莲子荡起细琐的波纹。心海漾起浅浅的涟漪，一圈套着一圈，若日子套着日子，心缠绕着心。

我们若天空里的云朵与飞鸟，在同一片蓝天下听风的声音，呼吸着鲜美的空气。我们把爱遥遥地挂在云端，听风细碎爱的絮语。心在风轻云淡中变得湛蓝、澄澈，空远，若莲一样清透。

（三）

月光倾城的夜晚，我们一起听歌，听"莲的心事"：

只为你转身的一个凝视

我就为你祈盼一辈子

只为你无心的一句承诺

我就成了你的影子

……

歌词柔美而感伤。音乐流淌的时光，情绪总是变得柔软而潮湿。每一个跳动的音符，都是路过彼此灵魂的句子。这些句子，起浮跌宕，在心湖溅起水漩的气息，一些日子在指间缠绕，一些日子散落一地，一些日子如月色的清辉一晃就了无痕迹。

我们坐在光阴的两岸，沉溺于时光的深里，花香漠漠，落花盈盈，思念如水。浸了月光的日子，总是落满了幸福与忧伤。

我们在月色里凝望，把彼此凝望成影子，把寂寞落入寂寞的耳里。

（四）

其实，尘世里的遇见，早已写好了结局。遇见之始，便已注定了分离。然，初相遇时的美好，若光透过玻璃，生出五彩斑斓的幻觉，让人想要抓住瞬间的永恒。

就若你和我，一直搀扶着前行，走了一季又一季。我们以为，会一直走下去，直到永远，不离不弃。

还记得，几年前的冬天。某个夜晚，窗外，更寒夜冷，身心疲惫我的想要结束这段情感。我试探着问：

"若我离开，你将如何？"

"等你归来！"

短短四个字，有种永恒的沧桑，有种致命的穿透力。从此，我们不再轻言分离。

（五）

有时觉得，命运总是很捉弄人，越想永恒，越是要让彼此承受短暂拥有后而永远失去的永恒之痛。

时光若水，从指尖悄然滑落。摊开手掌，想要抓住些什么，握住的却是虚无。

日子，把结局打开，一段情将要荒芜。不言生离，却面临着死别。你的生命之灯将要燃尽，生命之光将要熄灭。

一场绝症，将你彻底打败。我告诉你："等你归来！"你沉默不语。也许，你已经知道自己再也回不来了。

有多少人值得等待？有多少人愿意等待？你值得等待。我愿意等待。我在祈盼里等待，等待你早日归来；我又在等待里祈盼，祈盼生命的奇迹。

我在夜里，安静地陪你，陪你走过生命的最后时光。夏日的夜色，依然很美。月色朦胧，树影婆娑，星空灿烂。但我知道，在这星空下存在的，无论是什么，无论是谁，到最后都会死去，将随风而散，似水无痕。

也许，消散的，才是永恒。

（六）

我在夜深处安静地行走，等待一场早已写好的结局，等待一场没有结局的结局。

回首过往，怅然酸涩，前尘旧事，如梦如幻。一个人在缄默中前行，捡拾来时路上一起走过的点点滴滴，妥帖地收藏，安放在灵魂的深处，等风干后下酒，陪我笑看落花。

我在莲池旁徘徊。

夏日的荷池依然散发着幽芳。我知道，明年，或明年的明年，莲依旧会安然盛开。只是，明年，你已经不在。

蓦然，想起席慕蓉的诗"莲的心事"的最后几句：

无缘的你啊

不是来得太早就是

太迟

但我知道，与你的这段情，无论是太早，或，太迟。于我而言，都是永恒。

第六章
酒醉的相思

　　夜，悄悄地来临，无风，闷热，街市的灯影闪烁着喧嚣与繁华。轻轻抬头，天空漆黑，寻不着星月的影子。

　　斜倚栏杆，心事无来由地散落一地，明了夜的黑，暗了情的伤，酥软了几许温柔的情绪，若落英轻轻地飘飞，怕惊起思念的涟漪。

　　电话忽然响起，是兰儿，说是老朋友们在老地方欢聚。

　　"老朋友"是平日里情趣相投的好姐妹，"老地方"是一个临江的酒吧，这酒吧有个特别好听的名字：海棠晓月。朋友们都喜欢这儿清雅的格调，温润的情趣，浪漫的氛围。总觉得在这儿会偶遇海棠花开，喃喃地嗅着空气里流动的芬芳，轻揽晓风残月，品一杯香茗，或，浅酌几口红酒，微醉而不迷失。

　　穿上淡蓝色的长裙，轻散秀发，提上白色的小包，匆匆忙忙就出门了。其实，自己并不喜欢酒吧这种喧嚣的场合，每次去也只是静坐。兰儿是我大学时最好的朋友，了解我的生活状态。她说不允许我一个人老闷在家里胡思乱想，独揽孤寂。

来到酒吧，朋友们早已如约而至，围坐桌前。桌的中间，有一半圆形的笼，里面燃着红色的残烛，这是酒吧最具特色的亮点，每一张桌子都是如此。

朋友们欢呼着我的到来，高举酒杯，一饮而尽后，便纷纷滑入舞池。

灯影摇曳，烛光点点，音乐飘浮，空气里流淌着无尽的暧昧和缠绵，舞池里的男女，忘情地陶醉。

斜倚沙发，微闭双眸，享受着喧哗中心灵的静寂，熟悉的旋律，把某些久违的记忆拉了回来，某段往事在如水的夜色里流淌。

我们的相识缘于一场舞会。

一个周末，穿上洁白的长裙，披着秀发。兰儿带上我去舞厅约会她新认识的男朋友阿伟，你陪阿伟一同到来。音乐缓缓响起，兰儿他们滑入舞池，你绅士地请我。我几乎没有跳过舞，紧张得要命，面红耳赤，你傻傻的却浑然不觉，还以为我是"舞林高手"呢，轻轻地揽着我，把我拉入舞池。你拥着我在舞池里旋转，我不合节拍地跟着，跳舞时东跛、西跛的，踩了多少脚，无以数计。

一曲下来，仓皇地逃回寝室。

兰儿回来就质问："林儿，不招呼就跑了，干吗呢？跳舞的感觉咋样呀？"

我没好气地说："倒霉死了，第一次跳舞就遇着一个跛子。"

"跛子？不可能吧？"

"有什么不可能！"

我把和你跳舞的情景娓娓道来。还没等我说完，兰儿早已笑得前俯后仰，说不出话，好久才喘过气来，捏着我的鼻子说："傻林儿，你太可爱了，什么跛子，人家是跳的探戈。"

"探戈？"我一脸茫茫然。寝室的同学早已是笑得泪流满面。

这个"笑话"成了我们生命中的经典，每每相聚时说起，都要笑上好一阵子，充盈着无尽的欢愉，直到现在想起，还禁不住溢出笑来。

曾经的往事，在记忆里回旋，随着轻缓的音乐，漫过来，漫过去，像一片潮湿的海水，在潮起潮落里，似了无痕迹，却挥之不去，终心伤成结。

轻啜红酒，浅涩、微甜，若品味一段往事，搅一抹尘缘，切一块愁绪。让人在某种恍惚里生出隐隐的惆怅，那些无法安放的感伤，在酒水里肆意地沸腾。

"酒入愁肠，化为相思泪。"无尽的相思，纠缠在幽幽的旋律里。泪，悄悄地滑落，一滴，又一滴，溶入杯里。轻摇，重品，已不是当初的味道，弥漫着浅浅的香，淡淡的伤，微微的痛，绵绵的情绪，一如过往的你。

蓦然回望。曾经清纯、长发飘逸、爱做梦的少女，恍惚一瞬间便没入了光阴里，觅不着青春的痕迹。于是，在静寂的夜里，涂抹着"人成各，今非昨"的字句。某些折叠的记忆，仜时光里沉积，于开合间各自散去。偶尔，不经意触碰，凝结成寂寞的相思，风儿只轻轻一掠，便随季节，翻成雨恨云愁。

兰儿跳舞累了，陪我静坐，悠悠地吸着烟。弹出一只，点燃，放在我的嘴里，递过一张纸巾，"别逞强了，抽吧，想哭就哭出来！"我轻轻地点头，唇角扬起一丝微涩的浅笑。

烟雾在空气里飘浮，摇曳着你模糊的身影，染透了山野百合花的秘密，忧伤的气息弥漫开来，如影随形。想起多年前，你抽烟时，我总喜欢傻傻地看着你。你说，傻瓜，有什么好看的。我窃笑不语。其实，你有所不知，我好喜欢看你抽烟的样子，高高的鼻梁，深邃的眸子，吐出的烟圈儿散发着淡淡的男人味道。

也许，醉过，方知酒烈；爱过，才知情浓。而抽烟，点的是烟，抽的是寂寞，燃的是相思，烧的是疼痛。

当初的相识，成了生命里一段深藏着的疼痛的回忆。思悠悠，恨悠悠，新仇旧恨，剪不断理还乱，支离破碎的过往，再也拼凑不起当初的美好。而某些片断，一直在风中行走，某个时候的重现，缝补着岁月的疼痛与苍白。

记得有人说，相识是一种偶然，也是一种必然。偶然变成必然，是我们相爱的释然，也是生命里的劫难。而你，注定是我今生的劫难，那些一起走过的日子，在时光里远去，那些浅浅淡淡的点滴，若一根藤蔓，在全身的脉络里攀缘，把零落的记忆，纠葛成一个网，每每怀想，如饮一杯浓烈的酒，让人在沉醉中痛彻心扉。

凌晨，曲终人散，走出酒吧，怅然回望，恍惚如梦。酒，温软了情绪，醉了相思。

第七章
茉莉花开

（一）

窗台上的茉莉，安静地开了，细琐的白色小花散发着淡淡的幽香。于我，是喜欢茉莉的，喜欢茉莉的安然、淡定，还有那一抹飘在风中的淡香。

夜风轻柔。月色，浸了水一样，从夜空里倾泻，爬满了茉莉细细的青藤。

这样的夜晚，适合想念，或，回忆。其实，一些记忆一直在月光里行走。某个时候，从灵魂深处飘来，还散发着初时的温暖、感动与潮湿。

（二）

那年的七月，也是茉莉花开时节。有个夜晚，月色撩人，我们不期而遇。

尘世里的许多遇见，若流星划过夜空，一闪即逝。故事，没有延续，便已结束。短暂的波光流转，留下些许感叹、回眸、念想，也留下些许幸福。其实，短暂的幸福也是弥足珍贵的，让人一生珍藏与怀想。

而我们的故事，遇见后便开始延续。只是，我们一直没有去想会走多远。

我们若两只鱼游弋在深蓝的湖水里。这片水域，于我们是一片海。这里，没有尘世的纷扰、烦乱与混浊，有的，只是灵魂的安然与纯净。我们的日子，简单而明透，快乐而丰盛。我们喜欢心底的那抹蓝，蓝色的天空，蓝色的夜晚，蓝色的情怀。

(三)

有时觉得，幸福其实很简单。一份牵挂，一句暖语，一声叮咛，平淡的日子便变得丰厚，灿然。我们守在自己的世界里，安静地行走。孤单，或，想念，都挂在风中。一些日子，被雨水淋湿，一些日子被泪水浸暖，光阴慢慢地隐遁，而我们越走越牵念。

也许，两个人的相处，不是因为拥有，而是因为有人倾诉，飞翔在灵魂之上的灵犀用心才能抵达。有人说，飞翔只是一种姿势。而我们一直保持着飞翔的姿势却始终无法飞翔，因为，尘世里有许多牵扯，绊住了我们前行的脚步，我们的翅膀低到了尘埃里。

我把所有的念与想在纸上渲染，用那些浸了体温的字编织着一个又一个春天。花开花谢，四季轮回，梦在季节里斑斓、繁盛。也许，这些花朵并结不出果子，却在过程里落痕，这些痕迹涂抹着快乐与忧伤。而我们，享受与记住的何尝不是这些浸染着生命足迹的过程呢！

其实，许多时候，幸福只是一种感觉。花花世界，人来人往，谁会记住谁的容颜？谁会一直守候在谁的身边？你说："陪你到永远！"短短的五个字，让我幸福满怀，一生温暖。

只是，我们一直不知道永远有多远。是一生，一世，或，只是一句诺言。

（四）

日子，在水样的光阴里流淌，浸了水的日子有着丝绸一样的质感。一些瞬间，落满了诗意，一些瞬间，落满了荒芜，永恒在一刹那里收藏。

许多时候，我们会一起去回味初相遇的那个夜晚。你，或我，会不约而同地问："你大概不会记得了吧？那个夜晚，月色很美，就像今天晚上一样……"还未说完，我们又不约而同地写出那天的日子，然后，我们会心地笑了，沉入回忆里。

其实，就是那样的一个夜晚，那种月色，早已深植于彼此心中。每当月光融融，总有一种前世今生的恍惚，给彼此一份感动、温暖与潮湿。原来，生命中有些记忆，我们不用去记，却一直铭刻于心，无论历经多少风雨，总还鲜活如初。

(五)

又是茉莉花开时节。

窗台上的茉莉，依然安静地绽放，安静地散落。只是，我们是一路，却终未赶上。因为，你已病入膏肓，正挣扎在生死边缘。

我在夜色里徘徊，听风的声音。耳畔又响起你的话语："陪你到永远！"

仰望苍穹，轻问："永远到底有多远?"月色沉默，夜风无语。但我知道：永远于我，就是把这段情，用一生的时光去珍藏与怀念！

裹着月色，我向夜深处走去，越走越孤单。

第八章
风轻云读月

（一）

天色渐晚，暮霭沉沉，堤畔上的柳树笼罩在一片烟雾之中，淡淡的月色朦朦胧胧，如同被一层柔纱轻轻笼罩着。

风特别的柔和，各种虫鸣此起彼伏，月光透过树叶，投下斑驳的影子，温柔地泻在我的身上。

喜欢一个人在这样的夜色中漫步，闻着晚风中的阵阵幽香，拾起青春浅浅的痕印，曾经从指间悄悄滑落的记忆，重回手心，悠悠地一点、一点溢出来。

某些记忆的瞬间，常常在没能料到的时候出现，如同那些美丽的梦、曼妙的诗一样，可遇而不可求，就如今晚的月色，冒失地把我拉回从前。

（二）

记得和涛分手的那个夏天，心情特别地压抑，任何方式都排遣不了纷至沓来的疼痛伤感。

一位好友提议说：去旅游吧，给自己的心放一个假，让情绪回归自然。

没多加思索就接受了这个建议，收拾好行囊，把记忆深藏，试图从此锁住爱和忧伤。

我参加的一个散团，大概二十多人，整个行程有中巴车相随。找了一个临窗的位子，倦怠地靠着，傻傻地望着窗外移动的风景，车里所有的人所有的欢笑似乎都与我无关。与我并坐的是一名男孩，偶尔会找我搭讪。

第一天的行程是游览一个有千年历史的古镇，导游告诉我们游完后，晚上有一场具有当地风土人情、特别值得观看的晚会，愿意去的就报名，整个车只有我一人放弃。

古镇并不大，坐落于河畔，也许算不上出名，却有一句让我至今难忘的宣传语："给我一天，还你一千年！"

到达的时候，天空下着小雨，空气湿润，小镇显得特别的宁静、温婉，我的心却淋着伤感。

吃过晚饭，一个人漫步于河畔。风起雨停，夜色朦胧，一弯淡月半挂空中，几片云彩在微风中悠悠飘荡。

忽然有声音轻轻地传来。

"可以陪你一起走走吗?"循声望去,原来是与我同坐的男孩。

"你,你不是报名看节目了么?"

"你一人没去,我不放心,所以跟来了。"

我心里一怔,这不是涛原来对我说过的话吗,心里忽然漫过一丝悸动。

相视而坐,他满脸的真诚,那双眼睛若一湾清泉,透明而纯洁。

通过交谈得知,他是一位刚刚毕业的美院学生,因为古镇,慕名而来。他有一个特别好听的名字:古菘。他说见我一路上情绪低落,满脸落寞忧伤,猜想一定有什么不开心的事,怕我一个人出事,便放弃了看晚会,悄悄地跟着我。萍水相逢,却给我这么多,听着听着,我的双眼竟有些发潮。

许是他的真诚感染了我,我把与阿涛分手的事告诉了他。他如老朋友一样劝慰我,并在接下来的几天旅游中对我格外地关怀照顾,使我的心情慢慢地好起来,度过了人生难忘的几天。

回家十天之后,居然收到一个挂号包裹,打开的瞬间,我惊呆了,里面是一幅精致的画。

画里:一弯淡月,一名女子,一抹朦胧。女子不是我么?画的右下角写着:"想你时掬水月在手……"

以后的日子,时常想起那个月夜,想起那位旅途邂逅的朋友。

人的一生中,也许一个手势、一个眼神、一次不经意的回眸、一个诗意的瞬间,都会成为美好的记忆,充盈着人生的风景。

(三)

不经意间已来到了江边，拾一草蔓坐下。

此时，月光皎洁如洗，静静地向大地洒下清辉，江面上波光闪闪，宛如天上的银河，满眼一片透明澄澈的辉泽。

置身于这样的月色中，我有些恍惚，不知今夕何夕，恍惚又回到了那个千年古镇，似曾看见一位女子，撑着一把油纸伞，走在小巷的青石板路上……

"江畔何人初见月，江月何年初照人？"诗句诉说着岁月的古老、天荒、沧桑。

也许人生的悲喜际遇，聚散离合，就如这轮斜月，有阴晴圆缺，有得有失。

也许人生是一条单行道，是一个不可逆转的过程，一经踏上，再也无法回头。或许某个瞬间，有了回到原地的恍惚，那也只是雾里看花、水中望月、物是人非，就如今晚的月色，似曾相识，却不是当年小镇的那轮月。

也许今夜我是真的想你了，或许我只是想起了那逝去的青春。

也许青春真的是一本写得过于仓促的书，而有关你的那页，写着"纯净洁白"，犹如那开满山野的百合花，用芳香的一瞬，换我生命里所有的忧伤与寂寞。

感谢古镇那个静寂的夜，因寂寞因忧伤因你而拥有了珍藏的记忆。

夜已深，残月带着淡淡的余晖向西边慢慢沉去，大地笼罩在一片皎洁的清冷之中。

抬头，风轻、云淡、月斜……

第九章

风中的蝉鸣

(一)

七月，是蝉鸣的季节。

城市的上空整天飘浮着蝉鸣，只是这些蝉鸣常常被城市里的各种嘈杂声打断，或，淹没，听起来没有乡村的蝉鸣宁静、纯粹、朴素、连续。偶尔，在小区的柳荫下、公园的树丛边，或城南后山的林坡上，还能重拾那些响亮而空远的蝉鸣。

于我，是喜欢蝉鸣的，总觉得蝉鸣若风，是飘在风中的记忆。每每聆听，心会慢慢地安静下来，心深处会涌起某些复杂而潮湿的情绪，让我情不自禁地沉溺在那些回不去的小时候、回不去的乡村旧时光。

（二）

小时候，住在乡村，整个夏天，我们一群孩子都泡在浓浓的蝉声里。

七月的乡村，瓜果飘香，水稻青葱，到处生机盎然。红透的蕃茄、修长的豇豆、深紫的茄子、绿嫩的黄瓜、甜润的李子等盛夏果实在田间地垄里喧闹着。而我们一群小伙伴，常常偷摘着这些果实到后山的树林里去悄悄地生吃。

后山在院子的后面，算不上是一座真正的山，只是一个小山坳，山坳上长满了各种树。这儿是我们儿时的乐园，整个夏天我们在这儿玩游戏、捉迷藏、捣鸟窝、抓蚂蚱、捉蜻蜓、追蝴蝶，看蚂蚁阵，听虫吟蝉鸣。

其实，小时候那会儿，并不知道整天在树上高歌不歇的"小音乐家"叫蝉，大人告诉我们：这些小家伙叫"知了"。我们一群年龄相当的小伙伴，大约有十多人，每天在林子里玩得不亦乐乎。我们还自创了"知了"游戏，就是一个小伙伴出列，其他小伙伴依次掐这个小伙伴的笑穴，直到出列的小伙伴忍不住笑出声来，大声地喊"知了，知了……"算是投降，然后，一个一个地依次循环。每天，我们玩得开怀大笑，乐此不疲。

乡村的清晨，很安静，晨风轻柔，天空清浅，晨曦从东方缓缓地升起，在露珠上溅出闪亮的花朵儿。渐渐地，鸡叫狗吠、虫吟蛙鸣，小鸟低飞，"知了"开始歌唱，空气里散发着瓜果香气和淡淡的青草味儿。

父辈们很早就扛着锄头去地里干活，田埂上、地垄里是三三两两移动着的身影。而我们一群小伙伴也邀约去后坡的林子里嬉戏。清晨的林子，很凉爽，露气潮湿，蝉鸣清脆婉转。阿强、阿伟等男孩子们在林子里玩"孙悟空大闹天宫"的游戏，我和兰儿、青儿、朵儿等小女孩有些怕，不敢参与，我们在男孩子的尖叫声、打闹声里捂着嘴笑，满树的露珠儿被风摇落，散在我们凌乱的头发上。

常常，我和兰儿在林子里寻找蝉翼，我们小心地拾捡着，而后回到家里夹在书页里珍藏着。那时，在我幼小的心灵深处，总觉得那薄薄的蝉翼很美，像童话里小公主的衣裳，载着许多美妙而朦胧的梦和希望。

中午时分，太阳火辣，大人们是不许我们出去的，怕我们热出病来。父母就坐在门槛儿把持着，眼睛半眯着打盹。许是劳作太累了，不一会儿就打起了呼噜，我们就把大人的话放到脑门后了，悄悄地从家里溜出，逃之夭夭，又来到后坡的树林。正午的林子，有些热，"知了"在树上叫着，阳光穿透树叶，落在我们裸露的肌肤上。

其实，我们中午来林子是有"目的"的，因为，林子的旁边有几棵李树，七月，李子开始熟透，看着就让我们这群馋猫流口水。我们常常在中午趁大人熟睡时去偷摘果子吃。记得有天中午，阿强刚爬到树上，就听见有人来了。阿强忙着从树上溜下来，不小心，衣服被树丫给绞住了，吊在树枝上，上不能上，下不能下，我们吓得半死。待那人走近，发现是村里的于婆婆。于婆婆不但没有责备我们，还把阿强从树上"解救"下来。只是，从此我们好久都不敢再偷摘果子。

后来知晓，原来这几棵李树是于婆婆的。偶尔听大人们私语，说于婆婆是寡妇。结婚不久，死了男人，从此，一个人服侍公婆。一晃几十年过去了，公公婆婆已经死了，留下于婆婆一个人过着日子。

去后山的树林，必须要经过于婆婆的院前，于婆婆常常坐在门槛上，望着远方，像是想着心事儿。那时的于婆婆大概六十来岁，头发有些花白，眼睛深凹，脸上的皱纹如网，写满了沧桑。那时，我们一群孩子不懂事，经过院落时，常常喊着顺口溜："于寡妇，于寡妇，独坐门前看日出……"于婆婆听着，好像并不气恼，脸上还带着细微的笑意，嘴里念着："不知死活的小崽子……"记得有一次，我一个人经过，于婆婆远远地向我招手，"林丫头，过来。"我怯怯地走过去，于婆婆样子很慈祥，牵牵我的衣服角儿，拨弄了几下我的头发，从怀里摸出一颗糖放在我的手心里，然后，把我的小手捏紧，悄声说："别让其他伙伴儿见着。"我"嗯，嗯"地点头应着，一步一回头地看，于婆婆站在风中向我摆手，刹那间，有种莫名的滋味在心里涌起。从此，我再也不喊那句顺口溜。

仲夏。乡村的黄昏，静谧而祥和，夕阳的余晖给村庄抹上一层薄薄的金色，淡蓝的炊烟从瓦屋顶上升腾起来，在夕阳里曼舞。倦鸟归林，小鸡小狗也安静地蜷缩在墙角。归家的农人，扛着锄头、拉着铁犁、牵着老牛，从曲曲折折的乡村小路向着家的方向移动。

高蝉唱晚，蝉鸣比白日里温婉了许多，像是从风中淌落下来的，天籁一般。暮色四合，月亮升了起来，蛙声在夜色里起伏。

记忆里，那时的乡村，还没有普及风扇。吃过晚饭，院子里的各家各户端着竹凳、竹椅，拖着凉席自觉地聚在一起。大人们摇着蒲扇，三个一团、五个一群围在一起。于婆婆、李大婶、张大妈等女人们拉着家常，时而大笑，时而咬着耳朵说悄悄话；何大叔、杨大爷等男人们抽着焊烟，绘声绘色地讲着故事。而我们这群小伙伴，有的还在相互追逐，有的围着大人听故事，有的躺在院前的草垛上听蛐蛐儿的声音，有的抬头数着天上的星星。

（三）

　　七月，又是仲夏。

　　窗外，又是黄昏。只是城市的黄昏，没有乡村恬静。到处是奔跑的车辆，如织的人流，街灯一个接一个地亮起来，夜生活也开始繁华，喧嚣。

　　而我，还是喜欢独坐黄昏，喜欢在城市的某个安静的角落，安静地想那些斑驳了的旧时光。

　　记忆里，已经有好些年没有回乡村了，听回过老家的母亲说，曾经热闹的院落没有几户人家了，有些冷寂，于婆婆的房子早已破落了，门前长满了蒿草；于婆婆、李大婶、杨大爷等好些邻居已经去世了，他们的坟就在后山的那片林子里；儿时的伙伴也各奔东西了，不知身在何方。

　　我凝视着家乡的方向，心竟莫名地有些伤感，有些疼痛。不知道小时候那片林子里的知了、蚂蚱、蜻蜓、蝴蝶是不是还在，抑或，也已经消失无影了。

　　城市的夜空，风中依旧飘浮着蝉鸣，只是城市的蝉鸣不是乡村的蝉鸣，今日的蝉鸣也不是昨日的蝉鸣，而我，也不是小时候的我了。

第十章
往事回眸

　　几场雨水下来，天气渐渐薄凉，空气湿湿的，一个人漫步在街头，心绪宁静而淡然。

　　许是年龄的增长，对周遭的事物越来越没有了探究的兴趣，在自己狭小的世界里，静默地前行。

　　就如此时，一条并不太长的街道，走了许久，还未到达转角。宛若人生，没有遇到十字路口，便不会去选择，只要一直向前，生活便会继续。幸福也好，悲伤也罢，日子若水一样流逝。然，一条河里没有相同的一滴水，世上也无相同的两片树叶，即使每天的生活是简单、烦琐的重复与叠加，对于生命而言，每天还是新的。

　　只是，人是一个特别喜欢回忆的动物，某个眼神、某次回眸、某次错肩，若风似雨，在暮色苍茫里，渐渐地变成模糊的影，悄然走近，漫不经心就入了你的情绪，心，沦陷在似有若无的记忆里，淡淡的，浅浅的，却扰乱得自己凌乱而茫然，忧伤就轻易地到来，若天空里的雨，一下就止不住，淋湿了长长的秀发，再也舞不起青春里那些流光溢彩的梦，迷离的眸子，沉淀些许微尘，轻染愁绪，不再盈盈若水。

此时的街，少了白日的喧嚣，多了几许静谧。柔软的灯光，透过浓浓的树荫，散落一地斑驳的影，像那些于指缝间流走的时光，深邃而幽静。

行走在夜里，轻拥着心底的柔软，那些生活里的疲惫，悄然远离，折叠的记忆，在夜色中远循，如寻梦的星子，随清风明月漂泊。

每个人都有一段往事，铭心的、刻骨的、幸福的、酸涩的，或悲伤的，深深浅浅，掩藏在心里的某个地方。它们一直安静地躺在时光里，某个时候会悄然醒来，恍然若梦。

记得某个夜晚，和一位朋友聊天，问我："回忆里有痛吗？"

我停留片刻："有，只是越来越淡。"

还记得多年前的一个暮春，夕阳温软，风儿轻柔，鸟儿低飞，炊烟淡蓝，我们在山野里漫步，采撷各种各样的小花，笑语如风，快乐无边，细琐的花瓣散落在黑发里，像瀑布溅出的花朵。残阳，在指尖上跳跃，你牵着我的素手，沐浴在青草的淡香里，追寻着纷飞的落英。

多年以后，许多情节都已淡忘，炊烟、鸟儿、村舍，早已定格成一幅静止的水墨画，只有那时的花香，还一直流动着，散发着淡淡的芬芳，在时光里流淌着琐碎而稳妥的温暖，浸润着微凉的幸福。

其实，越淡的东西越能持久，忧伤也一样。偶尔回首，细数曾经，心会莫名地感伤，老去的，不只是时光，那些舞于指尖上的相思，旋律悠扬，只是高山流水再也觅不到知音，空惆怅。

夜风袭来，潺潺的凉，微微的冷。伫立在夜色的风口，看季节渐渐地远遁，时光总是这般的迅速，悄无声息地滑落，倏然一跳，便已暗换了流年，曾经的青春早已散场，如林花谢了春红，太匆匆。

有些人，我们一直在错过，说好永远的，不知怎么就散了，一转身就是一世，一别便是一辈子。想起多年前的七月，送你离开，说好彼此不哭，我假装看天，把泪水埋入黑色的深潭，明媚的忧伤在空气里流动，你挥别的手举成不倒的旗，我的背影划破地平线。永远，在离别的车站，挥挥手便成了可望而不可即的企盼，在时光里斑驳，苍凉。

常想，如果坚持与某人爱下去，会是怎样？是否就有了彼此想要的永远，抑或，幸福会若花儿一样绽放。那些又寂寞又美好的光阴，是否会落入笔端，在心底蔓延出隐隐的温软，一如当年。

风，掠过树梢，一片叶，在风里回旋，若暗夜里轻盈的萤火，闪烁着零碎的喜悦，为它，终于，挣脱了树。看着飘浮的叶，心莫名地感动，它不像是走向死亡，而是沾染点点明媚的春光，走向新生。

有人说，人生若水。水痕深，而，逝水无痕。就若，那场冷清的雨，落在旧时的花香里，淋漓了一地花瓣，在寂寞里老去，而往事只能回味。

夜渐深，抬头望，一片静。

忽然想起一句话：当你忧伤时，请看着前方。看着前方，然后，朝着前方坚定行走，喜悦就会慢慢降临在你的内心，如莲花盛开，你亦如一朵喜悦盛开的莲花。

是的，有一朵盛开的莲花，一如此时，回眸的远方，灯火阑珊处，某个熟悉的身影，与我眺望的眸子重逢。

第十一章
过往的记忆

（一）

傍晚，夕阳的余晖洒满了大地，一轮红日缓缓地落在江边，水天一色，天际边，隐隐的远山若美人浅浅的黛眉，温婉而细长。

伫立栏杆，久久凝望，满眼弥漫着凄迷的云烟。

喜欢在这样的暮色里，拾捡一抹夕辉于手心，让记忆从指间悄悄地滑落，宛如柔风中的落英飘散。

过往的记忆，若丝网，一些事，一些人，一些点滴在网中成结。穿过岁月的河流，可轻抚的印痕深深浅浅。

曾经的青葱岁月，曾经的水样春愁，曾经潮湿的记忆都一一远去，若风铃断断续续浅唱着不成曲的生命之歌。

一直以为，岁月无声，风过无痕，有些记忆会如东逝的流水，不知为谁而奔，终有一天，海纳百川，真的逝去。然而，有关你的点点滴滴，如恶性肿瘤一样，随着日子的渐行渐远，不断地扩散，从肌肤向骨髓蔓延，吞食着记忆之城。

（二）

花开花谢，日升月落，我们用爱走过四季。

你说："我想要一缕春风，你会给我整个春天；我想要一片枫叶，你会给我整个枫林；我想要一点星辰，你会给我整个银河。"四年的点滴，浸润着全身的细胞，铭心刻骨。

终于，到了分手的季节。爱的潮水漫不过亲情的堤。

你是家中唯一的儿子，你说父母不能没有你，你要回到家乡的城市。

我说，一个人，一座城，心会跟爱一起走，爱你就要随你。

流火的七月，牵手于离别的车站。

泪眼凝望，你说，等你来接我。我无语凝噎，眸子追逐着渐行渐远的列车。

送走了你送不走回忆。

别后的日子，长长的挂牵，消瘦了心，憔悴了容颜，丰盈了思念，红笺小字难诉彼此的缠绵。

递交了辞职书，收拾好行囊，追寻着爱的方向。

亲情的潮水崩溃了爱情的堤。父亲要断绝父女关系，母亲哭得死去活来，姐姐万般阻挠。

我们的爱情如决堤的海。

（三）

父母所期望的结束只是形式上的戛然而止，内心却仿若那一望无际的海，在那如镜的水面下波涛汹涌跌宕澎湃。

爱情的小鸟折断了翅膀，脚步迷失了方向，世界慢慢地改变着模样。

天蓝水幽的早春悲伤蔓延；夏日的凉风轻抚不了心的彷徨；秋的斑斓诉说着凄凉；冬日的宁静变成了苍茫。

其实，青山依旧，四季依然，改变的是自己的心境，曾经浪漫温情的四季被心绪浸染着莫名的惆怅。

黄昏日落，秋夜迢迢，孤灯独对，案有茶绕。桌前发黄的信笺，常常如画屏展开，辉映着你的身影，由远及近，轻轻走来，恍惚中，我们依然笑语盈盈，追逐嬉戏在长江边上。

（四）

日子水一样流逝，生活还得继续，尘封的记忆始终是一片云烟，滋生出不同的味道。

思念是一种自由，思念是一种渴求。思念是情绪决堤时寂寞的借口。雁自回时，月满西楼。眉间心上，欲说还休，到头来只是为赋新词强说愁。

想你时漫过悸动的温柔，独立小桥风满袖，暗香浮动黄昏后。蓦然回首，灯火阑珊，那人不在，徒添一段新愁。

记忆是一种寂寞，记忆是一种颜色。

离别的车站定格了青春的容颜。聚散难期，翻成雨恨云愁，摇曳在记忆的城口。曲终人散，斗转星移，物是人非，过尽飞鸿字字愁。重拾青春的梦痕，爱迷茫了方向，脚步忘了节奏。

寂寞流淌着春的葱茏、夏的清凉、秋的斑斓、冬的洁白，舞动着风的轻柔、花的芬芳、雪的飘逸、月的圆缺。不同的人不同的寂寞不同的颜色，而我在寂寞的时候，遥望的眸子，落进你在的远方。某些往事，在光阴的岸边飘飞，被岁月的剪刀撕成了记忆的碎片，再也无法捡拾。

有人说：爱情是个骗局；爱情说：身陷囹圄，宁愿为囚。

蓦然回望，爱了，散了，醒来，昨夜的梦依然清晰。而某些过往的记忆，一直在风中行走。

第十二章
那年、那月、那情

（一）

暮色渐浓，华灯初上。夜，悄然而至。

街市的灯影，流光溢彩，斜斜地照进秋天的窗，若一幅温暖的油画。

静立窗台，江风徐徐，有淡淡的冷意在轻风里延蔓，像一只温柔的手，扬起我的秀发，便有些许微凉，滑过颈项浸透了我的全身。

抬头望，一弯明月，斜挂半空。月色若水，清辉流淌，笼罩了尘世的夜。

流动的月影，仿若是嫦娥来回游移的莲步，淌落一地的清冷。遥遥望月，禁不住浅叹："青天有月来几时？"

秋月无声，芳心含情。

白日的喧嚣渐行渐远，夜色描摹了月的影，若温馨素洁的夜来香，牵引着某些思绪，回到那个又寂寞又美好的月夜。

（二）

那年中秋，班里决定举办一场别开生面的中秋晚会。班主任让每位同学去买一张贺卡，写上自己祝福的心语，说是晚会时有用。

一个人来到校园外的书屋，精心地挑了一张贺卡。贺卡很精美：深蓝的苍穹里，一枚米黄色的圆月飞彩凝辉。

喜欢贺卡里溢出来的朦胧意境，轻轻望月，一抹浅笑漫过唇畔。我安静地在贺卡上写下："但愿人长久，千里共婵娟。"

晚会现场布置得温馨而浪漫，轻缓的音乐若淡蓝的炊烟袅袅升腾，闪烁的灯光若暗夜里的满天星斗。

老师让我们把各自的贺卡拿出来，男女同学各放置在一个盒里，然后，让男同学抽出女同学的贺卡，女同学抽出男同学的贺卡，并宣布，男同学抽到哪位女同学的，哪位女同学就为男同学的舞伴。

从小到大，还没有跳过舞呢。我的心提到嗓门，紧张得厉害，像一个做错事的孩子，静默在灯光昏暗的角落，想远远地逃离。

你，还是找到了我，浅浅地微笑，做一个绅士动作，邀我跳舞。我不知所措，双手不停地揉搓着。

许是我的窘态让你察觉到了我的不安，你若无其事地坐下来陪我说话，温暖而缓慢。

当第三首曲子响起，你再次邀请，我随你滑入了舞池。

跳得累了，坐下来歇息。你忽然伸出手来，抚摸了一下我的发，就那样轻轻地一摸，我顿时脸热心跳，如遭电击一般。

或许，有时，一个不经意的动作，就会漾出柔软的情愫来，若山野里静放的小皱菊，淡雅而纯净。

舞会结束，有同学提议爬到学校的后山上去赏月。

我们一群男孩女孩，手牵手，在夜色的草丛里前行。爬到山顶，山风轻柔，草木含香，虫鸣唧啾，夜空里的月，很圆、很大、很美。

我们忽然安静下来，静静地守月，看月。

坐在你的身旁，嗅着你的气息，脸上泛着红晕，心海里漾起了片片涟漪，我的天空下起了潮湿的雨。

那一夜，时光静好，我把百合般的秘密，轻轻地糅和到山冈上那轮静静的满月里。

多年以后，那个月夜成了记忆里一场不散的筵席。

（三）

有风铃的声音滑过帘，扰醒了我的思绪。

披一件薄外套来到阳台。

深蓝的夜空里，圆月凝脂欲滴，皎洁寂静，若一匹白绢倾泻垂落，飘在尘世之上。

伸开手，轻拾月辉几缕，溢出的却是"今人不见古时月，今月曾经照古人"的惆怅与感伤。

在无数个月夜，在空旷的月台上，在静静的山野里，在阑珊的灯火处，一个人徜徉在寂寂的时光里，和自己的心灵对话，只把那个秘密掩藏在心灵的深处。

月，圆了，又缺。缺了，又圆。

而，今夕是何夕？恍惚中，那个在晨风中老去的少年，正款款而来，温暖地微笑，一如当年。

风，从月华里穿透而来，有淡薄的香息弥漫，桂花淡黄的花瓣被轻柔地吹落，在风中细琐地飘飞，淌落满地叹息，也扰乱了心中那面静静的湖水。

眼中漫过一丝不易察觉的湿润，有晶莹的东西闪动。那些花样的年华，水样的春愁，青涩的情愫，早已随了青春一起散场，唯有生命中的一些美丽碎片，还停留在记忆中的城堡里，就像电影中的片断，也许定格是最好的落幕。

夜已深，久久地望月，静静地守着曾经的美好，轻问"今夜月明人何处，不知秋思落谁家？"

伫立窗前，夜风无语。脑海里突然想起一些旧时字句："若是你仍然一定要知道，那么，请你往回慢慢地去追溯，仔细地翻寻，在那个年轻的夜里，有些什么，有些什么，曾经袭入我们柔弱而敏感的心。在那个年轻的夜里，月色曾怎样清朗，如水般的澄明和洁净……"

第十三章
念起一段情

南方的四季，不如北方明显，已是初冬，却不见"无边落木萧萧下"的凄凉与萧瑟。只是，天空更加的深邃、河流更加的清瘦、原野更加的寂寥。落叶、枯荷、衰草、残菊，这些在时光里鲜活过的生命，在季节的深里悄无声息地消散。

季节，总是沿着自己的轨迹前行。左手，还握着蝉鸣如网的夏风，右手，已沾满了冬天的清寒。季节，就这样在不知不觉中更迭，像一段风中的情缘，来了又去，去了还来。

我倚着初冬的门楣，且听风吟，看一场又一场花事，在春去秋来里循环、散落，若纷飞的叶，凄然而绝美。一些情愫，在落叶里翻飞，来不及轻握，已渐行渐远渐无痕迹，隐藏在岁月的青苔里，湿湿的，跌落到心深处，再也拾捡不起，却萦绕于心。

初冬的天空，更加的深邃、高远了。冬阳暖暖的日子，天空很蓝，偶有云絮飘过，若一朵纯洁盛开的莲。轻轻仰望，便会念起徐志摩的"我是天空里的一片云，偶尔投影在你的波心。你不必讶异，更无须欢喜，在转瞬间消灭了踪影"的诗句来。

记忆中，还是高中时就深深地喜欢上了这首诗。那时，只觉得这首诗，朗朗上口，诗情飘然。历经了一些情感，再念起，总觉得短短的诗行里荡漾着几许薄凉，若夜里的露珠，湿漉漉的，浸润着淡淡的忧伤。

有人说，每滴露珠，都是晨曦的情人。她们在漫长而寂静的夜里，等待着清晨的第一缕阳光。只是，还没有等到阳光真正靠近，露珠便在鸟鸣声里消失，若尘世里的相遇，遇见之始，便注定了分离。也许，自己不该以这样的惆怅情绪来解读这样静美的诗句。其实，诗，只是偶尔路过心灵的句子，蔓延在诗之外的许多东西，才是自己穷其一生都应去体味与感思的韵味。

我在落叶满地的初冬，看天空的云一朵又一朵飘过，投下一段又一段影子。一直遥想，也许，你是一朵流云，偶然地投影在了我的心海。从此，我有了云一样的心事，这些心事，若莲。

喜欢以莲来喻自己的心事。总觉得，一颗颗藏在莲蓬深处的莲子，像我不轻易示人的心事，甜蜜、幸福，或，苦涩、感伤，一个人紧紧地抱住，独自品味。而你，用阳光般的温暖，把我深藏的心事轻轻地打开。我深井般潮湿的寂寞与孤独，在夜风里无声地停顿、起伏，飘散，或，洒落。

有你陪伴的时光，日子变得温暖而湿润。我若一个孩子，流淌着简单而纯净的快乐，遥远的幸福，充盈着每一个更寒露冷的夜。我把云一样的心事和念想细琐在文字里。纸上行走着的思念，鲜活了彼此沧桑的模样。梦里，一次又一次出现，若春天的小草，一寸一寸，侵占心里的土壤。

和小草一起疯长的，还有思念与忧伤。凄清的午夜，我用微凉的指尖，敲打着一些自己才懂的寂寞心语。我把一根又一根思念的线绳打上结，联结起来，很长很长，却丈量不出红尘里思念的距离。我们之间横亘着一条心河，只能在遥远的河畔对望。其实，彼此都明白，这一世，注定了只能守望的宿命。

你把那首"亲爱的，你怎么不在我身边"放在空间里。每每打开，轻缓而忧郁的旋律击打着我浑身的脉络。我常常沉溺在忧伤的对白和旋律里，心隐隐地疼痛。

我害怕这种疼痛。

我喜欢这种疼痛。

我需要这种疼痛。

我在疼痛里思念，我在思念里沉默，若孤独的夜风，徘徊在每一个你等候的路口。

我在夜风里行走，把思念走得很长，把日子走得很瘦。满地黄叶的街头，落满了一地的寂寞。我站在树下，仰望一树的金黄，心里竟充满了感动。落叶，在脱离枝头的一刻，还安然如初。

我透过树的缝隙，遥望深蓝的夜空。我想，远方的你，一定也在眺望。我们在城市的两端，念起一段情。你说过，有爱天涯不觉远，我的一切，你都会用心去感染。

风扬起我的长发，温柔地抚过我的脸庞，有淡淡的温暖划过心海。我明白，被风吹过的日子，总会有些许尘埃落定，变成岁月深处的斑点。若，夜灯透过树叶洒下的斑驳的影子。而我们，在其中品味着一个又一个轮回的季节。

一段情，若一场风，来了又去。但我相信，这段情，它一直在风中行走着。

第十四章

错过的花开，依然美丽

南方的七月，时有雨水来袭。昨夜，下了一场酣畅淋漓的大雨。今晨，推开窗户，风轻云淡，天空如洗。

雨后的天空透着淡蓝，没有阴雨天的灰暗，晴天的烈日。喜欢在这样的季节，这样的日子，寻一处有山有水的静地，想想生活中的点滴、过往的记忆、记忆中的你。

简单地收拾行囊，想一个人去近郊的缙云山走走。缙云山位于重庆北碚区附近，坐落于嘉陵江畔，一年四季，满目苍翠，花香鸟语。

开着车，放着轻缓的音乐，半开车窗，透进的风特别的柔和，心情随之惬意。

常常觉得人是一个特别奇怪的东西，小时候不停地读书，一心想要离开家乡的穷山恶水，如今住在高楼大厦里，却时常怀念起家乡的山清水秀来，同样的山、同样的水，却滋生出不同的情绪。

总是莫名地喜欢有山有水的地方，有水就有灵气，喜欢"青山依旧在，几度夕阳红"的沧桑，喜欢"青山依旧，绿水长流"的永恒。在我的意念里，山如男子，水若女子，水的柔和温婉衬托出山的巍然屹立，喜欢山水之间的不离不弃。

驱车四十来分钟，便到达了缙云山。重庆是有名的火城，到处如蒸笼一样，热气腾腾，重庆的夏天，只有记忆是潮湿的，漫步于山林中，满是潮湿的记忆。

雨后的天空是清爽的，没有杂质的纯净。空气中洋溢着柔软的气息，浮动在周围，感染人的脸、眼睛和呼吸。

薄雾中的山路，不起尘埃，清风徐徐，草木轻摇，与澄澈的天，如烟的树，蜿蜒的路融为一体，好像自己也成了自然的一分子，心里盈满了惬意。

山野开满了各种不知名的花儿，如星星散落在草丛中，静美而灵动。记得那年夏天，我和你去学校的后山，山野里也开满了这样的花儿。

"林儿，知道为什么痴迷你么?"你惬意地问。

"嗯，这个嘛，我不知道，要你说哦。"我快乐地答。

"我的好林儿，快猜，猜对了，奖励你一个吻，嘻嘻……"

"哼，别臭美了，谁稀罕!"我撒娇地应着。

你轻轻地拥我入怀。"林儿，知道吗? 你如山野里的小花，开得含蓄，谢得也不张扬，却散发着淡雅的清香，吸之若兰……"

笑声回荡在耳边，仿佛如昨。

坐下来静静地看着这些花儿，它们安静温暖地依偎在花托上，像一对恋人，幸福而淡然。只是，我明了："终有一天它们会一点点地消瘦一点点地憔悴，而后不露痕迹地在冬天萧瑟里，和整个冬天一起老去。"

我们之间的记忆，如一首轻缓的曲子，在时光里流动，淌过灵魂的皱褶，在脑海里极有韵致地慢慢泛滥，而后又慢慢地消失，像一条起伏蜿蜒的山路，开满心灵的花朵，这些花朵，在时光里的深处安静地散发着生命的香息。

山林特别的清幽，只有小鸟虫鸣的声音。"蝉噪林逾静，鸟鸣山更幽"，走得累了，斜靠在路边的树上。

想起多年前的夏天，我们手牵手漫步在南山，那时的林子，特别的安静，风中的蝉鸣与鸟声，悠长而温婉。我靠在林子的树上，你站在弯曲的小径旁，浅笑如风，用相机定格我青春的容颜。多年后的今天，林子依旧，风声依旧，而你早已不在，只有掠过的小鸟丢下一串串清脆的鸣叫，像一阵风，吹来凄凉意，让人徒生些许感伤与落寞。

傍晚，一个人徜徉在江边。

此时，夕阳衔山，晚烟绕村，对岸的河边，农家矮矮的房屋半掩在烟霭里，天际遥远的地平线上，低低的浅青色山峦安静地睡在水面，化为一团氤氲的雾，一抹淡蓝色的炊烟袅袅地升起。

水面安静而平滑，泛着圈圈清幽的白雾，偶有小鸟掠过水面，荡漾起浅浅的涟漪，揉碎了我淡淡感伤的情绪，忆起你殷殷的牵挂，浓浓的惦记，心里漫过丝丝缕缕的甜蜜。想起那年的初夏，你从遥远的远方，赶来看我，我们坐在江畔的草蔓里，说起一些记忆里的片断，听风吹开黄昏，一枚月亮，隔着黄昏落进水里，而我们，安静地依偎。

天色渐晚，凉风习习。伫立江畔，洁白的长裙迎风飞舞，披肩的长发还如当年飘逸，间有蝈蝈和蟋蟀的鸣声激活田野的静谧，芳草含情，夕阳无语。

轻轻抬头，远处的青山苍翠如墨，静寂的相思在原野里缓缓流淌，有一点感伤，有一点泪滴，也有一点笑意，恍惚中，你从远方轻轻走来，一如当年，浅笑若风。

蓦然回望，来时路上的遇见与花开，在时光里安静地流转，也许一季的美丽，一季的丰盈，只为等待离别时那一刻的放弃，突然发现：错过的花开，依然美丽！

第十五章
梦里江南

初夏六月，阳光日渐充足，雨水愈发丰沛，一些绿，长势茂盛，寂寞逼人。一场又一场雨水，在夜里潜入，起伏的蛙鸣随雨水泛滥，寥落一地陈旧的光阴，多年前的莲，依然开在时光的彼岸，一杯咖啡的温度，在萤火虫里燃烧，六月，夜未央。

远方的风声，穿过岁月的栅栏，某些往事，纠葛成季节的藤，记忆的花事，隔着一朵花开的光阴，攀爬在来时的路途，那些仄仄平平的脚步，在《睡莲》的二胡声里起落，把多年前相遇的路口，搁浅成一场风中的漂泊，几度春暖花开，几番梦回江南。

一粒莲心，隔着夜色绽放，涉水而来的梵声，在月光里苍凉。多年前的场景随着岁月的潮流又一次出现，还原成初见的模样。那时的月色，透着水意的忧伤，一如你忧郁的眸子，落满岁月的风霜，把记忆流放，云朵深处的凝望，拍打着飞鸟的翅膀，跌落的清音，摇曳又一季的苍茫。

江畔的渔火，点燃夜空的寂寞，一些旧事随月色流淌。想起多年前秋天的那个夜晚，月色如水，清冽的桂香在虫鸣里吟哦，秋雨轻轻地敲打疏窗。我们在同一片夜空下听雨，听风铃摇落一地时光。你在遥远的江南，端坐窗前，微闭眸子，安静地拉二胡曲《睡莲》，把遥远的期盼零落成跳动的音符，把天涯两端的距离，浓缩成相逢的歌谣，我们用仰望的姿势，默守一场烟火的约定，重逢的企盼，在水乡的梦里疯长。

"明月愁心两相似，一枝素影待人来"。如水的光阴在二胡声里流逝，等待的日子在南来北往的风里流浪。给心安一个家，徘徊的脚步，开始搁置，我用一支素笔，描摹梦里江南的水意墨韵。梦里的粉墙黛瓦、桨声灯影、烟波雨巷，在青花瓷里活色生香，执笔的瞬间，折断的柳色，随"吱吱"的摇橹声慢悠、慢悠地远去，一些水墨的词，沿着一路青石巷吟唱，与遣散了很远、很远的二胡声，一起在青苔中隐遁，湿漉漉的思绪，在采莲曲里香软。

五年的光阴，在一杯茶里落座，你轻轻地来，又悄悄地离开。茶凉后的冷寂与荒凉，空出心的城池，行走的脚步追逐着风的方向，渐行渐远的日子，在夏日的池塘里安放。青荷拨开的碎萍，倾诉着尘世的聚散离合，萍水相逢的遇见，注定一场心伤。睡莲沉积的光阴，在禅意里静放，掌心里的故事，沿着脉络攀缘，记忆的梗上，开出眉间轻愁，相逢的夙愿，寥落成深秋的残荷，夜雨秋池，渐渐枯瘦。

失去你的消息，像一个孩子失去了家，心在季节里漂泊，流浪的日子没有归期。一个人在冷寂的夜里聆听你拉过的曲子，轻缓的旋律把某些记忆反复纠缠。午夜梦回里，想起流淌着江南水韵的诗句："纵然是红尘之外还有红尘/纵然是路的尽头已没有尽头/纵使我枯瘦如叶/我都要择路而来……"曾经，你把这些句子，用梅子裹了雨丝，把一份遥远的相逢缝补成一份寂寥的归期。

"你不来，我不走"的约定在时光里沉寂，而我，一直在心里赶赴一场无法遇见的相逢。想起多年前的六月那一场说走就走的旅行，兀自来到梦里江南，寻觅小桥、流水、人家的古朴与流韵。一个人在水乡乌镇徜徉，古朴的小桥、陈旧的老屋、沧桑的青石板，在黄昏里安静地苍凉，清莲、细水、烟柳，在水云间里安静地吟唱，而我，任凭心在水乡里流浪。我把莲的心事，放逐成一场永恒的重逢，喧嚣浮华后的奢望，渐渐归于平静。告别你在的江南，轻挥衣袖，掸落一地的尘埃，悠长而寂寥的古巷，你未来，而我，安静地离开。

再次知晓你的消息是在去年的二月，那是个冷寂的春夜，乍暖还寒的早春有些凉薄，一个人的静夜落满悲凉，突然收到你发来"还好吗?"的信息，久违的泪水在夜色里放纵。离别六年后的遇见恍若一场隔世的重逢，雨水倾城的日子填补着六年的空白，如歌的岁月沉积了太多的沧桑。你从一场病痛里挣扎出来，沿着清贫的心径，择路而来，一路跌跌撞撞，只为茫茫人海中的一次倾心邂逅。

十二年的光阴如一朵昙花的开败，把珍重与牵挂重新撒在衣襟，平静的守望多了几许淡定。岁月的长河沉淀了太多的尘世悲欢，相遇的恩缘，滋养着心灵的水域，熟透的风景不再是简单地路过，把一程山水的陪伴定格成永恒，生命的厚度堆积成一生的财富。

　　穿过六月的记忆，阳光正好，雨水浸泡过的天空愈发澄净，莲花绽放的池塘，隐藏着光阴的故事，蜻蜓打开的季风，吹向梦里的江南，用一缕月光，记取一场浮世的清欢。

第十六章
宁静的午后

　　冬日的午后，阳光融融，有大片、大片的云朵在城市上空寂静地蔓延。些许阳光，透过玻璃，慵懒地散落在窗台上，像某些久违的念想，柔软而安静，暖暖的，直抵心窝。

　　时光很静。我坐在窗前，看一些旧时的文字。案前的书页，静默无语，某些字句，在情节里走失。案前的书，是萧红的《生死场》，其实，这本书，我早早就已看过。只是，我总喜欢，在某个清晨，或，黄昏，去重温某些书里的某些情节。每次重温，总能品出更深、更浓，或，更清、更淡的味道来。这些味道，在字里行间弥散，一字一句，都散发着旧时的落寞与清欢，寂寂的，软软的，却又温润如初。很像那些玉，日子越久，越清透明亮。

　　记得一位朋友说，我的某些文字，文风很有些像萧红，还有张爱玲，淡淡的忧愁，荒凉的基调。于我，很是喜欢荒凉、沧桑、忧郁的文字，总觉得那些字，是灵魂经过阵痛后开出的花朵，与温暖的文字一样，能入心。想来，能入心的文字，才能与人产生共鸣，这些字，总能打动我的灵魂，就像那些入了心的人，时时在我心灵的园子里行走，从未走远，轻轻触动，便能抵达某些暖。

也有人说，我的某些文字，文风像林清玄。其实，我只是我自己，那些文字，都是自己的一些心灵絮语。想来，一个人的文字像谁并不重要，关键是做好自己。就若一个人的心，无论历经多少山水与沧桑，依然能找到心的归途，不至于完全地迷失与沉沦，那才是真正的澄明与回归。

每每阅读那些旧时的文字，心便有些许的恍惚，总会莫名地陷入某种情绪里。那些心仪的字句，在我的指尖上跳动，流淌出轻缓的心音。想来，许多时候，我们读的是文字，走进的却是一个人的心灵。只是，要真正地读懂一个人，要真正地走近一个人的心，是一件不容易的事，不知要经过怎样的修行与契合，才能真正地抵达彼此心海的岸边。

就若今年秋天的我，整个秋天，我在秋风里行走。看天空、云朵、飞鸟在风里来去；听残荷、野草、落叶枯萎的声音。而我的心，在某些字里沉溺。某些情节，繁盛成花朵，洁白而柔软，安静地搁浅在心灵的山头。若云，一朵、一朵地开，又一朵、一朵地散去。想来，一个人的文字，有人喜欢，也是一种幸福。

前些日子，朋友留言：林儿，好久不见你写了，想念你的文字了。其实，我明白，朋友是怕我淡忘了文字，怕我荒废了文字。翻阅自己的文集，确实很久不曾写了。其实，许多时候，不是不想写字，而是因为工作的繁杂与忙碌。而更多时候，是少了一份写字的心情。

每天，在纷扰的红尘里行走，在拥挤的人群里穿越，在城市的边缘来回。而越是忙碌，心越是觉得空落，这种感觉，很是寂寥与空洞。细细想来，是缘于许久未曾写字的缘由。

前几日，和一位与自己同行，也喜欢文字的朋友闲聊，朋友也因为忙碌而忽略了文字，竟然有我完全一样空落的感觉。想来，对于爱好文字的人来说，也许，只有文字才能让自己的生命丰满，让自己的灵魂飞扬，让所有的行走更有意义。

朋友还说，文字是他的生命，然而，文字只是他一个人的生命，而他，还有很多人的生命需要去养育。朋友离开后，我静坐了许久，朋友的那句"文字是他的生命"的话语，一直在耳畔轻轻地唱响，撼动着我近乎麻木的神经。一位把文字当成生命的人，该是对文字怎样的欢喜与热爱！而我呢？曾也把文字当成自己的生命，现在却渐渐地远离着文字，任由文学家园搁置、荒废。

我轻轻地合上书页，合上那个女子用生命书写的《生死场》。我打开电脑，想要写一些文字。却发现，许久不写字，指尖已凉。某些思绪，早已散去，某些文字，早已远去。其实，也许远去的不是思绪、不是文字，而是心。想来，是心荒芜了。曾经丰盈的文学家园，已然杂草丛生，那些文字里的秋天，枯叶若蝶，凌乱地飞舞，若一场即将散去的繁华。想想，一个人连心都荒芜了，还有生命吗？想到此，心竟然有些隐隐地疼。

窗外，阳光依然很好，有着春天般的明媚，让人完全忘了已是冬天。

我静坐窗前，安静地聆听风在阳光里行走。某些熟悉的味道，在空气里弥散而来。有桂花残存的冷香、有芙蓉花清冽的淡香，有落叶腐烂的味道，还有野草融入泥土的气息。

时光如此静好。我微闭双目，用心去赴一场生命轮回的盛宴，荒芜的心，开始繁盛，某些情节，开出文字的花朵……

第十七章
风中的行走

　　春日的午后，微雨初晴，一个人在江畔的湿地公园行走。雨后的江畔，宁静而清幽，空气里弥散着泥土的芬芳与青草的气息。枝头葱郁的绿，挂满澄亮的诗句，飞鸟起落的弧线，弹奏出长长短短的曲子。江风徐徐，鸟鸣如歌，远山近水，清澈如画，临江听风，像有梵音从远方涉水而来，让人心生恍惚，仿佛置身于红尘之外。

　　喜欢这样的独自行走，远离了城市的喧嚣与繁华，漫无目的地朝着某个未知的方向前行，让灵魂随风追逐，像一场说走就走的旅行，驿动的心，独自成景独自成歌，在跌跌撞撞的步伐里，剪辑时光深处的风景，把某些零零落落的记忆反复重现，纷飞的过往，像一朵向往自由的落英，飘向远方的远方，在放下，或，提起之间，捡拾属于自己的清欢。

　　时光如水，桐花飘落的四月，渐渐散去，一路春色向五月蔓延，鸟鸣采撷的风色，随季节流放，那些深深浅浅的伤痕，携了陈旧的时光，在红尘的渡口搁浅，一季的放逐，一季的漂泊，落满旧时的尘埃，定格成永远无法企及的奢望，一些轻触即疼的前尘往事，随四月落下，某些明媚的快乐与忧伤，在五月的风里繁盛。

大多时候的行走，时光变得荒寂而沉默，于留白间忘了时光，忘了季节。迟迟春日，弹指芳菲，满地的残红，留作又一季的肥料，他年春来，花非今日花，雾非今日雾，唯有枝头肆意流淌的绿，堆砌成辽阔的孤独与丰满。

一些往事，在五月的风里起落，辗转反复的记忆，像一首沉寂多年的老歌，某段熟悉的旋律，突然间在某个街头的巷口轻缓地响起，那时，便情不自禁地驻足聆听，在怀想中沉溺。想起多年前的初夏，你从远方赶来看我，年轻的模样，神采飞扬。我们躺在绿草如茵的江畔，吹着江风，说着温香软语。那个长得不能再长的下午，时光静好，纯净的幸福若栀子花开满青春的山头。多年后的一次对话，一句"还好吗?"穿越时光的空，瞬间泪如雨下。你说，你把重庆的简称"渝"嵌入你女儿的名字，以此来纪念那场说来就来的离别。经年沉积的痛，在那一刻释怀，恸哭后的坚强，支撑起雨水泛滥的天空。

时间若一个智者，静看着人世间的悲欢离合，季节的循环轮回，淹没来时路上的足迹，所有的伤痛，都会在时光里慢慢愈合。回不到的最初，渐行渐远，再回首时，灯火依旧，那人却早已不再，所有的行走，终是一个人的小楼听雨，夜夜放歌，也无风雨也无晴。那些笑过、哭过、闹过、奔跑过的时光，慢慢地沉积在光阴的底部。跌落的细节，沉默成一首无言的歌谣，当爱恨随风，一份遥远写在彼此的心上，缄默中的行走，化为天涯咫尺永恒的坚守与祝福。

五月的天空，浸了水意的模样，又一场雨水的光临，润泽了又一季的渴望。湿地公园的莲池，绿意开始浮动，莲叶坐在时光的流水上，淡定安然，一些白荷安静地绽放，把去年秋天的残，蔓延成一片新绿。冬天的消瘦，隔着春天的清寒，在初夏开始丰腴。

静坐荷塘，虫吟若水，五月的风声拂过发梢，湿漉漉的思念，沾了雨季的风色，莲的心事，在清风里盛开。站在岁月的风口，吹皱的日子开始舒展，风中的行走，注定了一场飞翔……

第十八章
一个人的咖啡时光

　　夏日的午后，阳光很好，一个人坐在咖啡馆里，拾起一段娴静而慵懒的时光。于我，很是喜欢一个人的咖啡时光，远离了城市的喧嚣与浮华，让心在咖啡的香里放逐与流浪，像一场灵魂的旅行，在某种恍惚里飘向未知的远方。

　　其实，喝咖啡，许多时候喝的不是咖啡，而是一种心情，所以，咖啡馆的环境特别重要。而我，总是喜欢到文峰古街的左岸咖啡馆，这家咖啡馆坐落在嘉陵江畔，装修格调古朴而淡雅，淡紫色的桌子和沙发、木格子花窗，轻缓的曲子如水流淌。

　　每次去，我会选择一个临江的位置，点杯蓝山咖啡，或安静，或沉醉，或发呆，把自己沉入时光里，像一根水草沉入江里，一些久违的思绪，随波起伏，荡起浅浅的涟漪，把某些久远的日了拉回来，一些记忆的点滴便在风里悠悠地来去。

窗外的江水清澈而平缓，像波澜不惊的日子，偶有小船从窗前慢悠悠地经过，轻浅的摇橹声碾碎时光，那时，便生出恍惚，心随了小船飘向远方的远方，任由岸边的树独自打捞破碎的影子。喜欢这样的恍惚，像一场梦里的相逢，经年的期许，在梦里繁华，又在梦里落寞，把时光深处的念，折叠成书页，在开合之间寂寞。

想起多年前的一场遇见，你从江南，涉尘而来，忧郁的眸子，额头里盛满月光，行走的步伐，踩痛一地花影，内心堆砌的孤独像朵雪莲花，纯净而清冽。不同的经历，相似的心境，我们在行走的时光里慢慢靠近，像云朵靠近山峦，你大山般的沉稳与内敛止住我的漂泊，沉默安静的相守概括了所有的悸动与契合，我们用纯净的心，在红尘之上，铺开一条清寒的心路。

尘世里，最难开的门是心门，最难走的路是心路。我们在紫陌红尘里安静地行走，把长长短短的日子走成灵魂的伴侣，隔着清晨、黄昏，或夜色，一起听鸟鸣、看斜阳、采撷月光。一路风色，落满苍凉的静美，像深冬的梅，开在颓废的枝头，把缕缕幽香散落在行走的路途，滋润着千山万山的沧桑与渴盼。

"万人丛中一握手，使我衣袖三年香"，尘世里的遇见，总是让人欣喜而寥落，遇见你，像遇见孤独的自己，彼此灵魂的栖息，注定一场未知的抵达。你在遥远的江南，徘徊在古朴的小镇，用一曲《睡莲》拂拭岁月的尘烟，而我，在尘世的角落，安静地守望，把内心深处的孤单，守望成一季又一季的风景。如水的日子，洗涤岁月的尘埃，秋日的瘦水淹没不了日渐丰满的渴望。

关于一场无期的重逢，我们有过很多种设想：我们在江南的小镇，徘徊在悠长而寂寥的雨巷，听丁香的愁怨拍打疏窗；或者，在暮色浮动的黄昏，我们坐在爬满青藤的小屋，品一壶香茗，让袅袅的茶香，润泽梦里的水乡；或者，在愁雨如诉的秋夜，我们端坐在陈旧的老屋堂前，点一盏烛台，你亲抚一曲《睡莲》；抑或，找一个安静的咖啡馆，我们一起喝咖啡，用一杯咖啡的温度，温暖季节的荒凉。

光阴里的故事，爬满许多想象的情节，一些虚设的美好，让人无限向往。只是，月落乌啼，始终是一片云烟，无数次的机缘巧合，我们一直都在错过。犹记得多年前的秋天，你路过我的城市，夜雨淹没了你发来的信息。你站在有我的城市，放逐一场久违的向往，把相逢的夙愿，搁浅在雨中，一场原本该来的重逢化为一地的叹息。夜雨后的清晨，打开你的消息，你已经如落叶一样踏上了新的征程。你说："这么多年了，为何我们连一杯咖啡的缘分都没有？"听着你有些伤感的话语，某些凄凉，在雨水里疯长。

弹指一挥间，十二年的光阴悄无声息地走过，一杯咖啡的缘分始终未曾出现。辗转的日子，像场风中的行走，一些人走着、走着就散了，一些记忆想着、想着就淡了，而我们，在时光的岸边轮回。想起七年前的秋天，忽然失去了你的消息，"回头发现，你不见了，突然心慌了。"尘世里的缘分，有时如露珠，说没就没了，而我们，历经这么多年的聚散离合，彼此还在某个地方安静地等待，于我们，便是今生最微薄的幸福。

窗台上绿萝的青藤洁净而葱郁，些许阳光，透过木格子花窗斜斜地照进来，一些斑驳的影在冷寂的咖啡里沉默，夏日的季风吹开清冽的寂寞，穿过季风，我听见时光裂帛的声音，而咖啡馆里正响起某段熟悉的旋律：我的一生最美好的场景/就是遇见你/在人海茫茫中静静凝望着你/陌生又熟悉……

　　我站在窗前，吹着江风，恍惚中，你遥遥而来的身影与我的眼睛重逢……

第十九章
流年逝水，青春无声

（一）

吃过晚饭，隐身上 QQ，有一陌生 QQ 图像不停地闪烁，我的心里有些纳闷，会是谁呢？说真的，早已习惯了在网络里缄默，只是偶尔写些心情文字，QQ 上也只有几个朋友，偶尔和一两个朋友说上几句，平时都隐身上线，安静地来，又安静地下。

打开信息框，"好久没有见了？一切可好？"简短的两句问候，透着些许牵挂，说真的，遇见这些句子，还是有些许感动萦绕于心，也许，偶尔有人记挂也算是一种幸福吧。我又迫不及待地打开 QQ 资料，里面显示姓名为：WZF。看着字母组合，细想一会儿，便回忆起来：原来他是我读初中时的同桌峰。

记忆里，是五年多前峰通过同学加了我的 QQ，曾经闲语了几次，后来便没有再说过话了，至于为何没有再说过话，倒也想不起缘由来了，大概是彼此为了生活而忙碌奔波去了吧。其实，我和峰一直居住在同一个城市，相距并不遥远，也就一个多小时的车程。说起来自己都不敢相信，我和峰居然有十多年没有见面了。

彼此难得遇着，便自然地说开来。

虽然，我们有十多年没有见面了，也少有联系，但聊着并不陌生，我们很自然、很随意、很轻松地闲聊。我们聊工作，聊生活，聊家庭，聊婚姻，聊健康，当然，我们也闲聊过去的老师和同学，间或，也说起流年里那段一起走过的青葱岁月。

闲聊的时光风轻云淡，过得很快，一晃便是两个多小时。告别时，峰说找点时间聚聚，一则，想看看我现在的模样，二则，峰现在正为一些石头界的朋友出书，要写一些赏析，想请我去写，想把我带入另一种全新的精神世界。

我爽快地答应着。说真的，也有些期许，毕竟曾经一起走过七年左右美好的青春时光。

（二）

平日，很容易入睡。许是和峰说了话，躺在床上，竟然一点睡意也没有。流年里的那段旧时光，那段青葱岁月，一点、一点地款款而来，若一些黑白照片，一张一张地在脑海里打开……

小学毕业，十二岁的我便开始了住读的初中生活，和峰成了同桌，我来自农村，峰来自城市。那时，农村与城市，在物质与精神上的差距都很悬殊。也许是自己品尽了农村的艰辛与苦难，我读书特别的勤奋，每天沉默寡言，一门心思扎在学习上，而峰却有些贪玩，不怎么喜欢读书。

虽然，我和峰完全不同，却因是同桌，也有少许的接触。偶尔，他会问我一些数学题目，偶尔还会向我借笔或橡皮，甚至有时，他还会带些吃的，悄悄地放在我的书桌下面，再附上一张纸：饿了别忘记了吃哦。那时的我，虽然有些木讷，但内心深处，偶尔还是会漫过淡淡的感动与温暖。渐渐地，我和峰便熟悉起来，偶尔还会说些学习以外的话。

我们的学校，坐落在嘉陵江畔，那时的江畔，长满了蓬松的蒿草和野生的芦苇，到了夏天，这些蒿草和芦苇就更加繁盛。偶尔周末，峰会约上几个要好的同学，一起去江畔行走，我们光着脚丫，吹着江风，一起拾石头、捉螃蟹、打水漂，宁静而温暖的江畔洒满了我们的欢声笑语，那些时光，单纯而清澈，若大朵大朵洁白的云絮在蓝天里飘荡。

枯燥的学习，因了这份纯真的友谊而变得丰富多彩，一晃，便到了初三。

还记得那年的十月，正是秋天，天也开始有些凉了。有天上晚自习，平时快乐的峰独自落泪，任凭同学们怎么问，他始终不说原因，第二天，他便休学了，过了些日子，收到峰一封很简短的信。他在信上说，他父母离婚了，他判给了父亲，母亲远走了，他只好随父亲去另外的城市。他还说，他这辈子，恐怕是没有机会读书了，希望我好好学习。

其实，那个年代，对于离婚我还不是十分的明白与了解。有好些日子，因为峰的离去，我的内心总觉得空落落的，充满了浅浅的惆怅，甚至于，有一抹淡淡的感伤。好在，峰一直来信鼓励我，并寄来与学习有关的课外书籍。那年毕业，我顺利地考入了重点高中。

高中的三年时光，我在象牙塔里苦读，而峰却开始了自行谋生，我们在两种完全不同的生活状况下各自前行。但内心深处，总荡漾着一种柔软而青涩的情愫，有一份淡淡的、浅浅的牵挂在时光里流转。

峰的来信，便成了我枯燥学习中唯一的期盼。每学期，峰总会挑选些学习或文学方面的书籍给我寄来，并附上一些鼓励的话语，间或，说一些很清浅的思念之语。而我，也会在回信里说一些校园里的读书时光，偶尔，会细琐一些念想。

高中毕业，我顺利地考入了大学。我的大学，就在峰的城市。

我把喜讯，第一时间告诉了峰，并邀约峰来大学校园相见。入学后的两个多月，大概是十一月份，分开三年多后，我和峰第一次见了面。峰没有了初中时的青涩，却有了一些过早的人生沧桑。那天，我和峰，去学校的后山爬山，我们的话并不多，大多时候，只是沉默，好像有千言万语，却不知从何说起。我们牵着手一路前行，直到黄昏才回到校园，而后，我们去学校的舞厅跳舞，度过了一个很美好的时光。分手时，峰看着我，眼神有些温暖与惆怅，他用手轻轻地把我的围巾取下来重新系上，轻语一句"我走了"，便渐渐地消失在了夜色里。

峰回去后，便写了一封告别的信。峰告诉我，要去深圳谋生。其实，后来才知，峰是缘于内心深处的自卑，觉得"配"不上我，不想误了我的一生，才忍痛离开。

（三）

一场盛大的青春就那样安静地散场，若一个纯洁的梦，闪烁着同样纯洁的亮光，那一抹亮光里，散落着青春的碎片，那些碎片在时光里缓缓沉落，定格成一幅安静、淡雅、寂寞的素描，素描的线条，是青春流动飞扬的脚步，素描里的点点墨痕是心儿年轻的海洋。

然而，关于我和峰那段朦胧、青涩、美好的情感，在我的心里，一直不曾落幕与散场，它只是淡成了光阴里的一个故事。这些年，偶尔，我会走进光阴里，重新拾零一些故事里的情节。当我安静地聆听《同桌的你》的时候，我会想起与峰一起度过的美好同桌时光；当我看见来来往往的学生，我会想起那一段年少的青葱岁月；当我遇见那些手牵手的年轻脸庞，我会想起青春里那一段青涩的情感。

一直觉得，那段流年，是如此的美妙、静好、纯粹，若栀子花开，洁白、无瑕、芬芳。浅浅的、淡淡的，却在时光的深里散发着浓郁的香。也许，越淡的东西越能持久，因为，淡至无痕便是永恒。因为淡，你可以任意地描摹，因为淡，你可任意地调剂味道，也因了这份淡，会细水长流，绵长而悠远。

流年似水。时光留不住，几度夕阳红。一晃，那段流年就倏忽地跑远了，弹指一挥间，岁月已沧桑了年轻的容颜。左耳，还回响着

"相逢是首歌，歌声里有你和我……"右耳，却回响着"后来，我总算学会了如何去爱，可惜你，早已远去，消失在人海。后来，终于在眼泪中明白，有些人，一旦错过就不再……"

我在夜里，盘点青春。那一段青葱岁月，那一段青涩情感，那一段水样春愁，若细碎的蒲公英种子，延着风的方向，寻觅着追风的少年，一路前行……

第二卷

最远的你

是我最近的爱

第一章
你是我的暖

几场春雨下来，天气便有些凉了。喜欢凉薄的初春，天空澄澈高远，飞鸟轻盈地掠过，云絮大朵、大朵地飘浮。你不在的日子，身边的一切也在清浅的春色里渐渐地凉薄起来。

春日的午后，阳光的味道开始弥散，一些光透过玻璃，在书桌上落下些许斑驳的影，空寂的小屋便有了温暖的气息。

窗外，天空湛蓝，远山隐隐，一江春水轻缓地淌过。很喜欢自己居住的城市，嘉陵江与涪江穿城而过，浮华的城市便多了几许宁静与温婉。

常常，静坐窗前，吹着江风，听着流水的声音，仰望清透的天空。

有人说，喜欢看天的女子，一定有许多心事。也许是，也许不是。其实，生活是一种情绪，而生命是一条河流。一些情绪，总会随着河流去远方，在岁月里慢慢地淡至无痕。一同淡去的，还有曾经的过往，曾经的记忆，曾经的光阴，还有光阴里的故事。

总觉得，自己是一个特别怀旧的人。总喜欢在一段流年里来回地走。其实，不是走不出，而是不愿意走出来。怀想多年前的自己，一个人在缄默中行走，跋山涉水，风雨兼程，一路走来，脚步流浪，心灵漂泊，不曾为途中的风景所牵绊，日子波澜不惊，却也流淌着简单而纯净的快乐。

一个人，就那样轻浅地走过一季又一季，寂寞如斯，宁静如斯，淡然如斯，于自己，却也充实丰盈。

尘世里的遇见，其实，是遇见一场烟火，刹那间的绚烂后便是永恒的孤寂，所有的美丽终会回归。只是，尘世里的你我，明知如此，却还是期许彼岸的花开，一些情愫还是在虚无里蔓延，疯长成一世的荒芜与苍凉。

你在的日子，时光温暖而潮湿，有暧昧的暖和争执的恋。你说过，遇见我，我便住在了你的灵魂里。我的影子，在你的脉络里行走，我的一声叹息，也会牵动你的隐痛。你说，你要探寻我的灵魂，你也要住在我的灵魂里。清高如我，寂寞如我，好长一段日子，我只是远远地观望，把你搁浅在彼岸，涉水而过的足音，只在梦里徘徊。

你打江南走来，行囊里盛满了愁伤。你青衫濡湿，眸子里落满了忧郁。你的忧伤腐蚀着我的忧伤，你的寂寞重复着我的寂寞，你的柔情温暖着我的柔情，就这样，一点、一点地入了心，行走在灵魂之上。从此，忧伤着彼此的忧伤，快乐着彼此的快乐，幸福着彼此的幸福。

　　日子若水，就这样，我们安静地搀扶着走过四年的光阴。四年里，没有风花雪月，却听到了彼岸花开的声音，那些花开，是生命的底色，也是永恒的底色。

　　你曾说，为了我你愿意付出一切，包括你的生命。痴傻如你，我怎么舍得用你的生命去证明一个虚无的承诺。就若那个寂静的夜，我们不约而同地说出：你若安好，便是晴天。其实，那夜，我更想说的是：你若安好，我便心安！也许，你有所不知，你平安健康地活着，于我就是一种幸福。

　　也许，是你无心的一句承诺，便一语成谶！

　　一直怕，彼此走失，怕某一天某一方忽然就消散了。你用一根柔软的情感绳子把我绑在你的掌心，你说，你不能承受失去之痛，你说，你不能面对失去后的凉薄人生。只是，尘世里，有花开就有花落，有开始就有结束，有相遇就有分离。就若一个人的生命，终是要回归到生命的最初，从哪儿来，还会回到哪儿去，只是早迟而已。

　　有时觉得，有些遇见就是为了分离。就若你我，越怕失去，却不得不失去，越怕分离却不得不分离，越怕面对却不得不面对。其实，一些结局早已写好，只是我们没有勇气去打开。

　　日子，把结局打开。我与你，不是生离，却是死别。就这样，悄悄地你化为一抹轻烟，轻轻地飘远。

　　把记忆翻过身，爱有多深，痛就有多远。无数凉寂的夜，抬起氤氲的泪眼，我唯见一川烟草，满眼飞絮，却抵达不到你在的三寸天堂。

"你在时，一切是你；你不在时，一切还是你。"这是你生前写下的句子。你离去的日子，总喜欢去翻阅你留下的那一千多篇日志，字字句句，心心念念，都是些爱的絮语。絮语里有刻骨的相思、深深的孤独、幽幽的感伤，淡淡的幸福。

回想我们的故事，捡拾一起走过的那段流年，那些在指尖上流淌着的情感，干净透明，贴心、入心，温暖。我明了，此情一直不会走远，会伴随着我，一年，又一年。

月满西楼，薄夜凉初透。

初春的夜，有些薄凉，有些感伤，就如那些感伤的光阴。窗外，虫吟如水。我站在窗前，仰望夜空，秉笔为篙，撑纸作渡，用心在纸上写下一句话：你是我的暖！

第二章

情到深处人孤独

　　时常，伫立在阳台，凝视你的方向，一次又一次想：如果当初没有与你相遇，这些年自己会过上什么样的生活，会是什么样的生活状态，会不会像现在这样，每天在思念、牵挂与等待中前行，一个人沦陷在孤独的城堡里。

　　只是，人生里没有"如果"。

　　人生是一条单行道，一经踏上，便没有回头路，只有一直向前。也许，相遇的瞬间，便注定了某些凄凉与孤独。

　　相遇之初，便一点、一点地渗入到彼此的灵魂里。灵魂与灵魂的相遇，是一种可遇而不可求的缘分。

　　也许，为了这一刻，缘分的种子已经在地里蛰伏了几十年、几百年，相遇的瞬间，才破土而出，开始生根发芽，慢慢地开出花来。

　　彼岸的花开，只有一次。一朵，两朵。

更多的花朵，蔓延成情感的海洋，湮没了心灵久违的冷硬。于是，敞开心扉，呼吸那些鲜美的空气，还时光一片静寂。这份宁静，如打开的淡蓝的意境。

遇见，一个温暖的词语，念着、念着就柔软了心绪。它那轻盈的模样儿，像极了寒冬里的阳光，淡淡的，暖暖的，轻浮在心灵深处那片宁静的湖面之上。

这些，都是我想要的暖。常常，一个人沉溺在那些流动的暖里，看时光飞逝，看彼此在时光里慢慢地变老。

我把孙燕姿的"遇见"设置成手机铃声，每次响，都响在我的心尖。

歌词，早已熟稔于心。"……我往前飞，飞过一片时间海，我们也常在爱情里受伤害，我看着路，梦的入口有点窄，我遇见你是最美丽的意外。"

我说过，你说过，遇见彼此，是一生的期许与幸福。

其实，你我，早已不是青葱岁月里的少男少女，也过了激情燃烧的年龄。只是，自从遇见，彼此便已住在了彼此的灵魂里。一直深信无疑，我们是灵魂的伴侣，这种灵魂与灵魂的交融，若一杯苦咖啡，苦涩后总有一缕缕幽芳溢出，久久地弥散，令人回味。

一个人独处的日子，总喜欢冲一杯苦咖啡。边听边看那些令人心疼的文字。这些文字，都浸满了忧伤。这些文字久远得已经发黄，却在泪水里一次又一次鲜活。

一些花朵，在远方的某个地方盛开，而记忆要走的路总是太长，长得像是长满了皱纹，长得让彼此忘却了初遇时的那抹纯粹的嫣红。

时光，若天空里的流云，淌落些许斑驳的影，把岁月跌散成一段又一段碎片。捡拾不起的，是沉重得不能再沉重的心事。

冬深，叶落如雨。

行走在落叶满地的小径，莫名的愁伤沿着风的方向蔓延，延伸到遥远的远方，那里，是你在的城市。踩着落叶，暗涌的疼流进点点滴滴的思念里，连同，那些长得不能再长的牵挂，一起沿着落叶的脉络向土地里渗透……

深冬的寒风，似剪。思念被一缕一缕地剪断，瘦成一支长箫。在月光爬满青藤的夜，任孤寂的箫声把心情涂抹成苍白的颜色，那些行走的脚步只留下些许空空荡荡的回声。

我知道，这些回声，是远方的你，在月光里放飞的想念。而我，在孤独的城堡里幽禁纯净的忧伤。

一份想念，一份忧伤，两份疼痛，无处分流。

其实，自己并不是一个为赋新词强说旧愁的女子。只是，内心深处沉淀了太多、太多的东西，如飘落在地的深秋落叶，堆积了一层又一层。

我的行囊里盛满了无尽的忧郁，若随风飘舞的落叶，一个人踏上孤独的旅程。

冬，一点、一点地深；你的病，一点、一点地重；我的忧郁一点、一点地浓。而日子，一点、一点地短。不知道还有多少日子可以彼此搀扶，还有多少疼痛可以彼此体会，还有多少思念可以温暖彼此的视线。

不愿去想象有关生命的轮回。只记得，你说过我已经是你生命中的一部分。如若，时光真的老去了生命。而我，注定会在你的笑靥里失眠。

那些记忆里的墨痕，一定会在梦里悄然重现，梦想的翅膀，一定会在寻寻觅觅中飞越沧海，风一定能吹散生活里所有的沉重，蓝天下一定还白云悠悠。

我在孤独的城堡里，孤独地前行。

偶尔，会想起诗人里尔克的诗："在春天或者在梦里，我曾遇见过你。"

第三章

想你，今夜无眠

许是你轻盈的碎步惊醒了我的残梦，凌晨，又一次从梦中醒来，眼角，有清浅的泪痕。总是莫名其妙地做着相同的梦：在如火的七月，在离别的车站，追寻渐行渐远的列车……

窗内，孤灯独对，满室寂然，窗外，灯火阑珊，暖意融融，忽然心生凄凉，再难入眠，前尘旧事，若隐若现。

披一件薄薄的外套，斜倚栏杆，久久地仰望苍穹，任思绪穿越时空，在如水的夜里蔓延，犹如眼前的江水，不知疲惫地流淌。

捧一束清辉于手心，记忆从指间悄悄地滑落，隐隐的疼痛，如一弯寒月轻轻地泻入，将往事一一地扫过，层层剥落，而后又叠叠地包裹起来，让人窒息得透不过气来。

常常想，如果当初我能坚决一些让你留在这个城市？如果当初我能弃亲情而不顾随你远行？如果当初自己不轻言放弃？如果……

可人生没有"如果"，人生是一条单行道，一经踏上便再也无法回头，失去了就是失去了，就如那些从指缝中悄悄滑落的时光，谁也无法抓住。

如果，我们就此别离，那该多好，可偏偏又在人海里相遇。

你说，可好？真的、真的好想我。

我说，还好，也一样惦记。

你说，还用着分别时我送你的皮带。

我说，早破了吧，为何还不舍弃？

你说，和她温柔的时候，心里却呼唤着我的名字。

我说，这是对她无言的伤害，你不该的。

你说，女儿取名为孙渝，"渝"是重庆的简称，用她把我记忆。

我说，记忆是生命里一场不散的筵席。

你说，过马路是否还那么粗心大意？

我说，没有你，慢慢地习惯了独立。

你说，下雨是否撑伞，天凉了可否记得加衣？

我说，伞下不再有你，我喜欢上了淋雨。

你说，还想重拾我的小手，在长江边上嬉戏……

我说，常常牵着儿子的手在江边漫步，儿子欢喜，我满是回忆。

你说，只要我过得比你好，就是你一生的幸福、生命的奇迹。

我说，幸福早已不属于自己。

你说，如果有来生，绝不把我放弃。

我说，如果有来生，绝不允许自己爱上你。

你说，为何？

我说，爱上你就爱上了寂寞，燃烧了你也燃烧了自己。

你还说……

我无语。泪水，早已决堤。

夜已深，一弯淡月斜挂在半空中，月色皎洁清冷，如水一样温柔地泻在我的身上，似乎要洗掉我挥之不去的心尘，轻抚我幽幽的愁绪。

楼厦的灯火次第熄灭，有一扇窗透着淡淡的光影，不知窗里的人，是否也和我一样因思念而无眠？因无眠而"倚遍栏杆，只是无情绪！"

夜是如此的静，静得能听见心跳的声音，轻轻滑落的泪滴，如思念的雨。

一直以为，自己已心静如水，已经把你藏在了任何人任何岁月也无法触摸的距离，人海再次相遇，才发现你依然是我记忆里最深的痕迹。

在无数个夜晚，常常梦见自己成了一只小鸟，飞翔于天空，下面是一片斑斓的翠绿，寻找着属于自己的森林，最后歇息在你的枝头，静听你的心语，感染你的气息，还如当年甜蜜。寻找着当年的山、当年的树、当年的足迹，抚摸着、流着泪，可那拨断的琴弦到哪儿寻觅？

"情到不堪言处，分付东流。"问楼前流水是否可以？江水无言，夜风无语，谁会凭栏意？

夜渐深，站在风口，踏着梦中的箫声，远眺天涯漂泊的尘影，某些情节，撑开夜色的寂寞，把一份遥远的思念安静地流放。

今夜，涛声依旧，有谁在红尘的岸边守候？今夜，梦里无眠，有谁凭窗而立，孤心破译起伏的心事？

夜将尽，推窗，眺望。星月仍在，心空无边。

第四章

相见时难别亦难

夜，悄然而至。窗外，绵绵细雨，淅淅沥沥，空气里透着薄薄的凉。阳台上的栀子花开得正浓，洁白的花瓣若素洁的月光，弥漫着淡淡的清香，在夜色里安静地流淌。

伫立窗前，轻愁染指，心如烟花，绽放的孤独在月色里流动，疼痛的相思，跌落一地的清辉。满室寂然，光辉透过橘黄色的灯罩，在墙壁上映射成似有若无的影子，仿若光阴留下的些许斑驳的印痕。

静坐无语。凄婉的曲子轻轻地流淌，飘逸的心绪，随音乐缓缓地散入风中。无数个静寂的夜晚，就这样傻傻地呆坐，细数着过往的点点滴滴，想得痛了，痛得哭了，哭得累了，那些清瘦的心事随着旋律此消彼长。

红尘里，有些相遇是命中注定的，就像我和你的相遇。在那个初夏，宁静的夜晚，如水的月光漫过尘世的夜，滑过窗棂，轻泻着些许惆怅，落我一身浅淡的清凉。

那一夜，我们在月白风清里相遇。你披一蓑烟雨，衣角飘飘，款款而来，我们似曾相识，像多年未曾谋面的老朋友，漫无边际地轻语闲言。那一夜，月华如练，温软如棉，拾零几许淡然，浮过红尘，隔着月光相望，我们把寂寞还给夜色，把夜色还给季节。

原以为，只是一场偶然的邂逅，却不料，相思的种子在荒芜的杂草里滋生出长长的藤蔓，搅碎了一池浮萍，波心荡漾，淡月无声，尘封已久的心门慢慢开启，扬起生命的风帆，划向彼此的心海，幸福地让心靠岸。我们若城市里的鱼，快乐地游弋在湛蓝的水域，芳草鲜美，时光静好。

多年前的场景在夜色里再现，一些淡淡的温暖漫过渐凉的唇畔，窗台的栀子花安静地绽放，幽室里散发着寂寂的芬芳。熟悉的味道在时光里流动，某些哀伤渐渐苏醒，因为，我已经不在你身边。

也许，尘世里，某些分离也是命中注定的。记得，曾对你说，倘若有一天离开你，一定有不得不那样做的理由，到那时，请不要悲伤，请许我安静地离开。没想到，一语成谶！

生命里有许多相遇是一个错误，生命里有许多分离是身不由己。生活本是一场聚散离合的苦戏，曲终人散，徒留一地狼藉。也许，我们是在错的时候遇到了对的人，一开始就注定了心伤。可，我们却如飞蛾扑火，甘愿燃烧自己。

你说，你终究是一只受伤的白狐。我能感染到你绝望的目光，聆听到穿越时空的叹息。知道吗？每每想起你点烟抽痛、无语成伤的样子，我的心会蔓延出缕缕隐痛，疼得无法呼吸。

其实，大多时候，我不愿去回想那些相濡以沫，相互怜惜的记忆碎片，也没有勇气去面对一起走过的日子，因为，我早已无力承担思念。

别时容易见时难。分开后的日子，孤寂难熬，梦里落花纷飞，无处话凄凉。自离别，心难舍，一点相思几时绝。你忧伤的影子总是缭绕在我的梦里，挥之不去，闲愁泛滥成灾，绵绵无期。

花开的季节，向着风的方向，追寻着纷飞的落英，独自穿行于烟雨里那些零碎的时光，在前尘旧事中，追忆一场风花雪月的故事。无数个夜，做着相同的梦：你走过，没有看见我；我远远地回头，你从灯火阑珊处走来，我们是一路，却终究没有赶上。

夜半惊醒，那种叫作寂寞的东西，纷至沓来，若洁白的雪花，随着清泪慢慢地、慢慢地融化。寂寞是心底开出的花儿，沾满清露，阅尽红尘的沧桑，穿透脆弱的灵魂，与文字共舞，落墨成一声叹息，两声无奈。于是，我揉烂苍白的纸，把心事折叠，期许那些寂寞的花儿开得茂盛、再茂盛一点，鲜艳、再鲜艳一点，我流着泪看着、欣赏着。我明了，那些花儿的香是从生命里溢出来的，用心才能闻到。

许是上天的怜悯，让我们再次相遇。你憔悴不堪的模样，触疼了我的视线，我不知所措，沉默的夜色，概括了久别重逢后的所有语言。

临窗听雨，某些复杂的情绪在雨里蔓延，飘向未知的远方。雨雾里闪烁的灯火，像飞翔的希望，一跳一跳的，在心里，在梦里，随风飘向遥远的夜空。只是不知，这些远远近近的灯火能否抵达你的楼台，放逐我冗长的念想。

某段熟悉的旋律缓缓响起；假如人生能够留下可以延续的记忆，我一定选择感激，如果在我临终之前还能发出声音，我一定说声谢谢你。

心在曲子里沦陷，有轻浅的泪，悄悄地滑落，淋湿那些渐行渐远的记忆，如盐撒在伤口上，隐隐生疼。尘世里，原来有一种爱是不能说的，不能忘怀的，哪怕短暂到仅仅几个月，也许，恰是一生不能忘怀的记忆。就像那些无名的花儿，虽然开在角落无人知，虽然，几个月就开败了，可是只有它们自己知道，它们曾努力地开过。

那时的花开，若阳台上的栀子花，淡淡的，静静的香，却一生难忘。也许，茫茫人海里，两颗灵魂的契合，就是永恒。

坐在窗前，雨声如诉，夜风穿过发梢，眺望的目光撑开夜色的沉重。凝视你的方向，想起某个句子：念着你的名字，天涯不再遥远，天涯再远，远不过对你的牵挂。

第五章
用心抵达

　　穿过七月的风声，一朵莲开启记忆的城池，萍水相逢的某场遇见，不再是千山万水的漂泊，用心抵达一场重逢，经年的等待，在渴盼中慢慢平静，少了初时的浪漫与沸腾，多了岁月的沧桑与成熟，某些行走，变得淡定而执着，彼此的脚步，向着灵魂的火花靠近，清寒的心路，静默如莲。

　　喧嚣的城市，一池莲撑开一方净土，青青的叶子坐在时光的流水上，安然静寂，像一位行走在紫陌红尘的女子，在清风白月里安静地细数着自己才懂的心事。每每路过莲池，总会情不自禁地驻足，与一池莲安静地对视，那时，便有梵音涉水而来，洗涤我满面的尘埃，心慢慢地在时光里沉浸。喜欢这样的沉浸，恍若走进了时光的深处，与某个灵魂对话，一阙光阴，便染了陈旧的味道，有些凉薄，有些感伤，却清澈明亮，直抵内心深处的柔软，像有一缕清风徐徐而来，吹开一粒莲心的秘密。

"你若盛开，清风自来"，遇见莲，像遇见一场遇见！想起多年前与你相遇的场景，你从江南轻轻走来，路过我的路过，若深冬的一片雪花，穿过春天的繁华，在夏日的阳光里明媚成一朵纯净的白，开在我经过的路口，散发出清新脱俗的味道，这味道是尘世里最淡、最深的味道。无法去描摹初遇时的纯净与美好，没有陌生，有的是一份久违的熟悉与契合，像遗落在红尘的另一个自己安然地回归。十二年后的今天，当我们回味多年前的遇见，心里充盈着无限的感动与感慨，一个轮回的沧海桑田，许多东西已悄无声息地改变，而我们，还在某个地方守候着一朵花开的无言，于彼此，不只是珍贵，而是生命中的永恒。

茶说，这一生就是在相逢，相逢这一天，你恰好来，我恰好在。喜欢这些流淌着禅意的句子，恰好你来，恰好我在，没有早一步，没有晚一步，一切都刚刚好，像茶叶遇见刚刚好的水温，在沸腾里自由舒展，盛开成初时的模样，馨香满怀。一杯茶的温度如一抹阳光，温暖着冷寂而清寒的日子，无数寥落的时光，充满了期许，折叠的心事在梦里启航，想象着某日，我们安静地坐在茶吧，抚一曲略带伤感的曲子，看一眼比山还旧的城，听一夜比水还凉的风。

只是，这么多年了，一杯茶的缘分，迟迟未至。某些守望，在岁月里苍凉，晓风残月的渡口，一支长篙撑不到彼岸，红尘里最深的重逢，一直在错过。想起去年的七月，徜徉在江南的宏村古镇，那时正值莲开，画桥的两边开满了白莲，婷婷立在清澈的水面，静美如诗。一个人在宏村的古巷里行走，路过一间屋子，屋子门楣的左侧，挂着一块陈旧的牌子，上面写着：某年某月某日，天气晴，我在宏村想你！我突然怔了一下：想你！可你在哪里？我抬头看天，那时，天空正蓝，阳光正好，一些时光安静地散落，我伫立在幽静的巷口，任由风声带来怀旧的味道。后来得知，那时的你，正在安徽的黄山游走，我们就这样在一座城池里错过又一次的相逢。

类似场景的重叠，让人心生恍惚，像一场梦中的重逢，流逝的光阴在季节里轮回，太多的聚散离合沉积在光阴的底部。所有的行走，大多时候由不得自己，辗转的脚步在日子里徘徊，又一季的丰盈填补着岁月的苍白。站在季节的深处，听一池蛙鸣激活光阴的静谧，内心涌起的感动淹没尘世的浮华，云淡风轻的往事，随夏日的季节远遁，把记忆翻个身，我们一直走在路上，无法抵达的重逢，牵引着流转的目光，多年后的怀想，是一场永不褪色的清欢。

错过的重逢一直在心里重逢，眺望的眸子缝补着等待的苍凉，遇水放歌的日子，落满凉薄的感伤，遥远的归途，远过大雁飞越的距离，跌落的身影，舞尽红尘的守望，把一程山水搁浅在相遇的路口，召唤的手，举起不灭的希望。注定是一场烟火的绽放，遥望的天空，云朵追逐着风的方向，所有的期盼缓缓沉落，心栖息的远方，定格成一座城池，安放一季又一季的漂泊。

七月的流火日渐浓烈，澄澈的天空打开水墨的远方，又一场风中的放逐开始启程，一路春色越过夏日的炽热，安静地向秋天的薄凉靠近。折叠的日子，在时光的羽翼里远遁，潮湿的记忆，在一粒莲心里隐藏，那些不轻易示人的心事，开在红尘之上时光之外，用心瞬间抵达。

第六章

想你，是一种幸福

夜半，从睡梦里醒来，满室寂然。不想开灯，喜欢在黑夜里，让如水的心事静静地流淌。夜真静啊，静得听自己的心跳犹如倾听潮起潮落，平日里和你一起听过的歌，悄悄地响起：想着你睡不着……

轻拾着夜的静谧，一些事，一些人，一些点滴，便轻轻地溢了出来，像一湾溪水，轻缓地流过夜色，把某些遥远的记忆，安放在夜的出口。

回想这些年，一个人静静地走，淡淡地生活，徜徉在自己的世界里，痛也好，苦也罢，一个人独自承受，不曾回头。

每天忙于炒股、投资，乐此不疲。当白日的喧哗在夜的轻抚下变得静谧、平和，安顿好孩子，便是我一天最惬意的时刻。于我，一首歌、一阕词，一怀愁绪便可度日，心海不惊，守着几许淡然与宁静。

如果，一直就这样走下去，那该多好，可生命里偏偏出现了一个你。

有人说，在对的时间遇着对的人，是一种幸福；在对的时间遇到错的人，是一场心伤；在错的时间遇到错的人，是一场荒唐；在错的时间，遇到对的人是一声叹息。

我不知道我们的相遇属于哪一种，也不知道最后会是哪一种。相遇的瞬间，没有陌生，有的只是心动于"你也在这儿吗?"的会心微笑。

缘分这东西，说不清，道不明，缘起缘落，一切冥冥中自有定数。就如，曾经的美好，我们总想抓住些什么，蓦然回望：时间，不动声色、无谓爱恨、不可逆转，悄悄地从指缝中流过，人竟浑然不觉。到头来，其实，什么也没有抓住，徒增伤感，憔悴了容颜。

在错的时间遇着对的人，像落叶在空中的旋转，没有开始，亦无结束，于千回百转里飘向未知的远方，故事的结局，也许是一场花开的繁盛，也许是一场烟火的冷寂，也许是一场说来就来的离别，抑或，是沧海桑田的一声叹息。

我不知我们是否是属于这一种。也许，我们会慢慢地，在茫茫的红尘中，在如流的人海里，在生活的压力下，抓不住那些缥缈的幸福与永恒。纵然如此，纵然红尘之外没有红尘，纵然路的尽头没有尽头，但，我不想叹息，因为，有你可想，是一种幸福。

你是一个执着的、重感情的人。一直以来，守着灵魂深处的爱恋。我明了，那份爱，铭心刻骨，注定是缠绕你一生的情结。我也知道，执着是一种人生的境界，是一种美丽的人生姿态。

了解你越多，心越是疼痛。何苦如此？你，或者，我，今生都寻不着答案。其实，人生就是一场遇见与重逢，在遇见中重逢，在重逢中遇见，在遇见与重逢中想念，在想念中走进彼此灵魂的深处。

　　想你，是一种情绪。有时觉得，人是一个特别奇怪的东西，总是在不经意间，便隐入莫名的情绪里，于是，便禁不住去翻阅一起经历过的点滴，仿若这样，你就在身边，静静地陪着，感染你的气息。

　　想你，是一种感动。我们的相遇，不曾一见钟情，也未曾相见恨晚，就这样轻轻地走近、融合，似乎有说不完的话语，道不尽的心事。其实，我们都要得很少，一句叮咛、一声呵护，便会心生感动，溢出泪滴。你总是掩埋着自己的情绪，说着一些漫不经心的闲言碎语。相思，却，无语。

　　想你，有时很淡，如风拂过发尖；想你，有时又很浓，若一坛珍藏多年的绝世美酒，散发着迷人的芬芳，只轻轻一吸，便醉了心绪，凝结成缕缕相思，蔓延在无边无际的夜里……

　　在夜里，想你，也思索一些现实。

　　关于邂逅，有人说就是一个人走近另一个与自己完全不同的生命，观望、欣赏，然后离开，继续走自己的路。

　　也许我们，一直都会在路上。相遇、相识、相知，而后，在茫茫的人海里，最终相忘于江湖。但我想告诉你：蹚过山一程、水一程的相思，彼此相伴，哪怕一程，也会让我们的心多了些许温暖，让我们的人生更为完美。

　　如果有一天，我不得不离去。请你坦然看待我们的相遇，以经历过的经历去回味我们的亲历，让天空自去高远，让云朵自去漂泊，让流水自去遥远，而我们，自去经历。

可我们，还会想念。想念彼此，你是幸福的，我是快乐的。

有人说，我们每个人都是某人一生的至爱。这红尘的缘分，妙不可言，前世今生，无法追寻。而我，只想如一根水草搁浅在你的岸边，静静地、静静地想你，因为，想你，是一种幸福。

第七章
相忆深

最近时日，心绪莫名地烦躁，处于混沌状态，茫茫然不知所为，像一个迷路的孩子，在某个地方，东张西望，来回地走，寻寻觅觅，想要搜索某些熟悉的记忆，回到来时的路。

或许，流浪的小孩，因丢失了心爱的礼物，会哭，抑或，回到最初。而我，在记忆里兜兜转转，忘记了前行的脚步。

人生风景在游走，一桩桩、一幕幕，林林总总，若一场风中的聚散，记忆的碎片，随风飘来荡去。某个夜里，凉月如水，雾湿楼台，月迷津渡，盘点往昔，始明白，你才是我最深的痕迹。

行走在喧哗的街头，看尘世里人来人往。想象着前方某个背影，蓦然回首，恰似你的温柔，四目相对，眼波流转，嫣然浅笑，淡淡的欣喜，轻拥，牵手，最远的你变成我最近的爱。

然，似水柔情，如梦佳期，风一程雨一程的跋涉，逾越不了盈盈一水间的距离。那些说好的重逢，在时光里走失，某些念想，在风里唱着歌谣。

思念，宛若凋谢的花朵，萎谢一地的嫣红，触疼了夜雨晓露。那些细琐的喜悦，沾染微薄的幸福，在青草尖上跳跃，散落一地的清冷，若泪，殷红，风干后凝结成掌心里的一颗痣。握住的温柔，在指缝中悄然滑落，那样无声无息，若隐隐的叹息，在时光的深处轻荡，当你发觉时，已经飘远。

相思，总是这般扰人，若冷夜里推开窗看见月光满地时的惆怅。

细数曾经，人来人往，过客匆匆，一些人在来去中徘徊。某段流年，某些故事，开始在行走中变成文字，而某些文字，开始在沉静中变成故事。

故事里的事，故事里的人，故事里的情节，沉淀、模糊、清晰、鲜活，若寂寥的小巷里那些悠长、悠长的雨声，淋湿了绿绿的青苔，散乱成斑驳的影。那些光阴里的故事，在时光的深里隐去，无处可寻。

而某些渴盼，开始在雨意里疯长，期盼故事的延续。

我们若两个傻瓜，徜徉在那个家里，守着几缕奢望，守着相濡以沫的灵犀，守着一世的清贫。那时的花开，或，花落，都是彼此想要的暖。

你说，如果哪天能遇见我，一定不会让我走失。

其实，我一直在不远处看着你，无数个夜，在落花的窗台，凝视，轻轻地，不忍心惊醒你的梦。只是，远方的你，全然不知。

如若，有来生，我愿是挂在你窗前的一滴露珠，在夜里，悄悄地来，静静地躺在窗前，嗅着青草幽幽的香息，月移花影，柳烟轻染，那一刻，幸福无边。

可，银河迢迢，星河浩瀚，这样的梦，需要用生命来等待和交换，几百年的修炼，才换来，相逢一笑的缘分。

等待，有时是一种幸福，而有时，是一种煎熬。

细雨湿流光，芳草年年与恨长，烟锁凤楼无限事茫茫。还记得，八月初的那个夜晚，雨声若歌，淅淅沥沥。伫立窗台，遥望一座城的距离，静默无语，风来晚急，幽梦几许，陷入莫名的思念与感伤里。雨帘望断，旧时的身影终未出现。

那时，我想，如果回到相识的最初，还彼此一个静寂的世界，或许，于彼此，是最好的结局。那样，就不会有铭心的爱，刻骨的伤，让一切淡淡地来，好好地去，尘归尘，土归土，你是你，我是我，没有牵绊、没有眷念，那该多好。只是，人生的路是一条单行道，没有回头路，而我们，一直行走在路上。

行走在城市的边缘，静默在某个路口，看流云如水。轻问，云朵来自何方？情归何处？哪儿是它淡去的尽头？心绪，亦流淌着阳光的气息，安静地听蝉，温软的情愫，缓缓而来，在季节的画卷里，轻轻地展开，若棉，拨弄着心灵深处的那根弦。

"换我心为你心，始知相忆深"。我们用微凉的指尖解开尘封的心河，掏空彼此内心深处的淤泥，在月白风清里交出纯净的心，那些舞在弦上的相思，在一纸素笺上落座。

第八章

相遇

　　盛夏，南方的天空湛蓝而清透。总喜欢，在阳光淡淡的午后，躺在阳台陈旧的摇椅里，听风声鸟鸣，想那些寂寞而遥远的心事。

　　七月于我，是一场记忆的盛宴，一些人在季节里来来去去，像一幕幕情景剧：遇见，相知，离开。我总是远远地望着离去的背影，眼睛深邃而空洞，默默无语。我明白：红尘里的聚散离合，遇见之始，早已暗示了分离。

　　有种爱，遥不可及，却能穿越红尘，抵达所有的季节。总记得，多年前七月的那个夜晚，我们像苍穹里的两颗星星，在城市的两端不期而遇。那夜，风轻云淡，月明若水，世界是那样澄明、那样宁静、那样纯粹。每每追忆那个夜晚，若一杯香茗，在生命里缭绕氤氲，润泽清贫的日子与时光。

　　遇见你，便遇见了花开。你的足音，踏开初夏的季风，用月光打开花开的细节，在黑暗与白昼交替的那一瞬间，我听到了露珠细琐的滑落声，一种微妙的幸福缓缓掠过。

打开心窗，装满时光淌落的浅浅的印痕，淡淡的念想，一世的期许，悠然清远得若一朵莲。莲，出于污，却落于净，宁静中，有滚滚的悸动。我们抛却所有的杂念与妄想，把快乐留给对方，把悲伤留给自己。

你说，我的快乐，是你一生的幸福与慰藉。茫茫人海，有人所想是一种幸福，被人牵挂是一份快乐，而快乐是生命开出的花朵。这朵花堆积着忧伤、疼痛与相思，但每每回味，总有一抹清香，温暖心里的那面湖水。

南方的七月，是蝉鸣的季节，城市的上空，整日飘荡着蝉鸣。窗外，蝉声如网，穿过寂寂的风，破窗而入。

听蝉，是一种情绪，是一种境界。记忆里，多年前听见蝉鸣，总觉得是一种噪声，让人心生烦躁，总想要远离那些起伏的声音，直至和一只小蝉不期而遇。那是一个阳光温软的午后，独自坐在林子里，林子很静，静谧得只剩下虫吟鸟鸣。一只蝉从树上掉落，我仔细端详：蝉的背上裂着一条神秘的缝，有个小小的生命在里面蠕动。听人说，穿过这条缝，壳将死，而蝉将生。

总觉得，蝉是悲剧的生命，十几年深藏在地下，只留一夏在南来的风中。常常想，也许是，蝉与风相遇了，才能长鸣不歇一夏。

蝉鸣如风，是浮在城市上空的音乐。临风聆听，躁动的心绪在天籁般的蝉鸣里渐渐沉静，尘埃一粒、一粒地脱落，还心灵最初的纯洁。

年年七月，年年蝉鸣。蝉声恒在，而我和你只能握住七月里风中的记忆。

记忆，是远方的那片水域。一次次回味初识的时光，一次次漾起层层涟漪。

总是在夜里梦见：我们在某个路口遇见，脉脉相视。有一朵云从寂寞的天空伸出手来，捕捉你与我当时一瞬的落寞。你站在那里，充满了忧郁与沧桑，然后，转身离去。

梦醒。问漠然的月光：为什么会遇见，又为什么没有言语地离开？

《论语义疏》里说："遇者，不期而会也。"也许，生命是一场大的遇合，我们在红尘里倾心相遇，若云朵投入彼此的波心。从此，生命里所有的情节都不一样了，永远都不一样了。

牵挂很深，想念很痛，幸福离我们很远。相拥的日子总是那么的短，岁月锁不住疲惫的情牵。

你说，我已是你生命的一部分，为了能多陪我一些日子，你尽力和病魔抗争；你还说，把我的病痛统统给你，让我健康快乐地生活。

夜风很轻，凝视牵挂的远方。远方有多远？倘若，爱在尘，爱在心，天涯也是咫尺，漫漫长夜何惧！

夜深了。月光爬满了青藤，茉莉飘落的花瓣，碰伤了幽深的屐痕。

总是想起你被病痛折磨的身体。你说，如果有一天，再也没有了你的消息，就意味着你已经离开了尘世。离开，于你是一种解脱，叫我不要悲伤，要好好地活下去，你会在天堂里看着我。

窗外，月明若水，夜色无边，你远去的脚步，沉重而遥远，摊开手掌，握住的是"今生无缘"。伫立窗前，我听见风的呓语："朋友，别哭，这世界我是真的来过了，并且，曾那么幸运地，与你相遇。"

第九章

让我轻轻地爱你

最近时日，心绪颇不宁静，若天上的浮云，随了风兜兜转转。行走在繁华的街头，心却莫名地忧伤，静默在某个角落，看行人匆匆，凝视那一张张被岁月雕刻的脸庞，想象着他们有怎样的幸福，抑或，沧桑。

常常想，茫茫人海里，谁是谁的过客？谁是谁的永恒？谁又是谁的守望？

时常觉得，自己仿若荒原里的一缕风，孤独而寂寥，吹不绿漫山遍野的苍凉。期许某一天，你悄然而至，浅笑如风，"噢，原来你也在这儿呢"。那时，彼此荒芜的心，蔓延成绿色的海，芳草鲜美，落英纷飞，时光静好。

也许是有了某种期盼，摊开初夏的画卷，浅浅的墨痕淌过微凉的指尖，滑落出些许温香软语，散落一地细琐的心事，一如此时的夕阳，沉静无语。

雨后的黄昏，凉爽的风轻柔地拂过脸颊，带着湿湿的水气缓缓远去。江畔对面，青山隐隐，淡烟迷雾，宛若刚出浴的少女，羞涩而朦胧。

江岸的垂柳，随风轻舞，折断的柳条，揉碎一江的涟漪，漾起深浅不一的水痕，一圈，套着一圈，如日子，套着日子。折叠的心事，连同褶皱的心在水意中缓缓地舒展，所有的思念和忧伤，随了迢迢的江水飘摇而去。

想象着远方的你，如我一样，一个人徜徉在寂寞的黄昏，捡拾那段幸福而疼痛的时光，细数流年里那些渐行渐远的点滴。恍惚中，你憔悴的眸子，充满柔软的落寞，牵引着我走向情感的深潭。那是一个风花雪月的世界，写满了记忆的颜色，宛若一双隐形的翅膀，在如水的指尖上轻盈地晃着，醉了夕阳、痛了心绪。

还记得，某个夜晚，梦见了水乡，弯弯的小河，波光粼粼，弯弯的小路，长满青草。蓝色的天空，清澈而纯净，云朵与飞鸟在风中自由地游弋，我们漫步在江畔，语不尽的思念，诉不完的愁肠。

从梦里醒来，夜阑人静，盈盈伫立，无言有泪，风细细，闲愁万缕。始明白，心有多远，爱就有多远，期许就有多长。

风划过树梢，落叶如雨，仿若灵魂深处无处可安放的忧伤。想起某个深夜，你幽幽地说，你的病开始恶化，也许生命留给你的时光已经不多了，只想有生的日子，默默地陪着我，直到生命的尽头。

你的话将我的心刻下渗血的伤痕，心隐隐地疼痛。也许，你有所不知，自从你生病以来，最怕听到这样的话语，让人酸楚，仿佛瞬间，就能聆听到去天堂的脚步，一路飘洒的花瓣和雨滴定格成残存的图片，在萋萋芳草里飘浮。我跟跄地追赶着你远去的身影，伸出暖暖的手，握住的却是凄凉。

旧时的情景，在风中重叠，心海淌过幽深的冷，蔓延到骨髓里，淋漓了一地的清梦。静坐石栏，江风徐徐，空气里弥漫着淡淡的花香，一如初遇那晚的月光，安然静寂。

江岸有种淡紫微白的小花，它们若灵动的蝴蝶在草丛里掩映着，在夕阳里闪亮，在和风里瓣瓣地伸展着。安静地看着花儿，疼痛如草蔓般疯长，今年花胜去年红，可惜明年花更好，知与谁共。泪眼问花花不语，年年柳色，寸寸柔肠，盈盈粉泪，此去经年，更与何人说？

无数个静夜，一阙凉月半帘风，遮不断重重相思梦。一首歌，彻夜清醒，唱响孤独。你茫然而绝望的容颜敲打着我脆弱的灵魂，如雨打芭蕉，一叶叶，一声声，空阶滴到明。倚窗听风、听雨，夜深人未静，那时，我多想把你拥在怀里，抚摸你疲惫的伤痛。

你说，爱上我是一个美丽的错误，好想回到相遇前的最初，轻轻地来，悄悄地走，了无牵挂。只是，人生没有回头路，相遇的瞬间，我们已经回不到最初了，前世的因在今世里结不了果，你和我逃脱不了流沙一样的宿命。

想起那个寂寥的黄昏，你坐在落日的余晖里，你告诉我，想要悄然远离家乡，到一个无人认识的地方，自生自灭，安静地离开尘世。听着你凄然的话，泪流满面，仿佛有一把利剑割断了我全身的脉络，殷殷的血液染透了生命的长河。

也许，悲剧的开始往往毫无征兆，命运伸出手来，把种子埋下，等待开花结果的一天，我们却无能为力。只是，请你留下来不要离开，让我轻轻地爱你，搀扶着前行，陪你一起走过人生最后的时光。

也许，你有所不知，红尘里，有些爱要用一生去忘记，没有彼此的世界，若断线的风筝折了翅膀，地远山遥，万水千山，如何飞翔。从此，几孤风月，黯然相望，断鸿声里，立尽斜阳。

第十章

把你藏心里

许是我清幽的泪水长了翅膀，触疼了你宁静的梦乡。你悄然而至，轻抚我的脸庞，用青草的气息、鲜花的芬芳，温暖泪水的冰凉。

梦里的世界，鸟语花香、莺飞草长，湛蓝的湖水，轻荡。你拉着我的小手，在柳絮飘飞的湖畔徜徉，语不尽的思念，诉不尽的愁肠。

柔风吹来，阵阵微澜荡了一池碎鳞，心海漾起浅浅的涟漪，一波未平，一波又起，舞动着无处可安置的忧伤。泪水，泛滥成思念的河流，低吟动人的旋律，与你一起轻唱。

湿湿的泪水滑过脸颊，漫入耳里。惊醒，原来是梦一场。

满室孤寂。静静地躺着，梦里的故事依然清晰，恍惚间，你衣衫飘飘，就在身旁。只一瞬，泪模糊了影子，渐行渐远渐无声息。

拿起床头的手机，一看，凌晨三点半。

最近时日里，常常夜半莫名地醒来，散落一地相思。你说，也如此。不知今晚，千里之外，你，是否心有灵犀，把我念起？

曾经，宁静而淡然的夜，因了你，变得凌乱而奢侈。空气里流淌着柔和的气息，酥软了渐凉的情绪。

没有了睡意。披一件薄薄的外套来到阳台。一弯朗月斜挂半空，皎洁，清冷。

天上的月，被相思憔悴成半圆。月华如水，漫过尘世的夜色，轻泻着淡淡的感伤。心，便溢出"江畔何人初见月，江月何年初照人"的字句，凝结成漠漠轻寒，把心事折叠。

轻问，时间的那端，是否有人如我，因相思而望月叹息。远方的你，是否共婵娟里，酣睡醒来？抑或，也在眺望？

月缺是诗，相思涂抹着诗行，以风为弦，穿越时空，与你私语，无声地漫无边际。

想你是一种幸福，也蔓延了无边的苦涩。想你，有时若饮咖啡，微苦淡涩，却慢慢成瘾；想你，有时若独酌香茗，散发着温柔悸动的气息。

想你是一种寂寞。有人说，寂寞是一种清福，人要学会享受寂寞。寂寞如此美丽，让我沉醉迷离。总喜欢在夜里，斜倚栏杆，静静地想你，想与你一起走过的点滴，想着、想着便入了梦。

想你是一种说不出的痛。情到深处人孤独。每每夜半，从残梦中惊醒，心绪缭绕，无处话相思。一时风，一时雨，掀起月夜幽梦一帘，浸染深深庭院几许。

有时，觉得你很傻。你说，没有我赢了世界又如何？每每想起你无语成伤的眼神、点烟抽痛的样子，心便升腾出缕缕疼惜，满是凄凉意。

你说，我打乱了你的一切，剥夺了你的所有，心总是随我而去。无心插柳爱意成荫的际遇里，燃烧了你也迷失了自己。

相聚时，不经意间，患得患失。明白，生命里没有不散的筵席。聚散不由人。那些生命里的缘来、缘去，冥冥中自有定数。

我不知道还能陪你走多远。现实，总是不尽人意。唯愿，相守的季节里，不想过往不想记忆，只愿在一起的日子快乐惬意。

天渐亮，东方泛起鱼白，城市的喧嚣此起彼伏。如水的心事，细腻若风，漫过旧尘，随一叶轻舟飘远。

伫立，回望。楼前流水应念我整夜凝眸？

几场雨水下来，天气，透着微微的凉。风来，温软了心绪，揉碎了痛。思念，浸润着一抹嫣红，轻轻地、轻轻地飞翔。

不想，摇醒沉睡的花儿、梦里的水乡。唯愿，借一生的时光，悄悄地、悄悄地把你藏在心里，藏到任何岁月任何人也无法触及的距离。

第十一章
想念文字

离开网络，少了几许虚拟与憧憬。每天在现实里行走，或忙碌，或寂寥，或慵懒，或散淡。

日子，缓缓地前行，波澜不惊，也无风雨也无晴。每天，按部就班地生活：起床、上班、回家、睡觉。工作的忙碌掩盖了日子的平淡与无味，思想变得麻木而混沌，灵魂忘记了自由地飞翔，日子了无声息地流逝。

记得，离开的时候，正是寒冬，黄叶满地。一个人漫步在江畔，冷风轻拂，却刺骨地疼。看枯萎的黄叶安静地躺着，正如我安静地离开，我明了，这份静，是一种放弃，放弃了树的依偎与呵护；这份静，也是一种无奈、一种颓废，弃置了一季的芬芳与繁华；这份静，更是一种等待，等待着一场纷飞的冬雪埋藏所有的疼痛与忧伤，待到雪水消融，桃红李白，柳色青青，山花烂漫。

一直以为，日子，被自己紧紧地攥在手里，以为握住了日子，就握住了一束明媚的阳光，心里就有了期盼与希望。也许，因为自己的疲惫不堪，一不小心，日子已从指缝间悄然溜走。惊觉时，再想捕捉、抓回日子，好好地把握日子，才发现，日子已似断线的风筝，飘得很远很远。

　　偶尔，回眸、寻觅、盘点。手指缝隙里溜走的日子已不成为日子，而是丝丝缕缕的碎片，七零八落，已没有了曾经握过的温度、痕迹，残漏的，是些许岁月深处飘荡的叹息，散落一地幽深的伤，无法拾起。

　　一同碎的，还有，心；还有，梦。

　　行走在喧嚣的街头，想把那些渐行渐远的日子拾起，好好地梳理、收藏，满眼的繁华却掩饰不了内心的落寞与荒凉，忽然觉得，心很空，悲伤而苍凉，厚重的日子，流逝的岁月，早已尘埃落定，空的，是自己的心，这种空，让我前所未有的惊慌、失落，低到尘埃里。

　　"林儿老师，好久不来买书了？忙碌啥呢？"

　　循声望去，是书报亭的阿姨在叫我。其实，自己并非老师，许是长得清秀，阿姨总以为我是老师，我也不想解释，喜欢她这样叫我。

　　触摸着原来每期必买的《读者》与《意林》，才发现自己已经有半年多没有买书看书写文字了。

　　揣着书，像揣着盛满果实的行囊，急急地回到屋子，躺在藤椅里，摊开书，安静地读着。

初夏的风，轻柔而温软，带着甜甜的花草气息，淡淡地滑过脸颊。

心，在书海里徜徉，沉醉不知归路，仿佛是走在花香四溢的草蔓里，舒坦而明净。我甚至，听到了花开的声音，花开的那一刹那，给了我诗意，更给了我诗情，我惬意地感觉到了诗情的享受与情感的充实。

午后的阳光，轻轻地流淌，穿过窗户斜斜地照进屋子。

静坐屏前，打开电脑，点开熟悉的网站，搜寻着那些熟悉的名字，心，一下子被填得满满的，不再空，不再无处可以安放，才明白，心空是因为远离了文字，心空，是因为想念文字。

对文字的想念，淡薄而绵长。

对于文字，说不上爱却满是喜欢。喜欢用文字释放那些浅浅淡淡的忧伤，描摹心里隐约的温暖，在文字里寂寥地行走，一直向前，走向远方。

远方有多远？不知道。偶尔，回头，捡拾些许碎片，妥帖地安放，让它们在记忆里鲜活，在文字里蔓延，渐渐地变成岁月里的故事，凝结成眉间的轻愁，踏着梦中的箫声，独上高楼，远眺天涯漂泊的尘影，借着不眠的渔火，寻觅情感的碎片。

打开以前写的文字，感觉熟悉而又陌生，但每一篇都记录着自己的心迹。想起一位姐姐说过的话：世上没有任何人是可以完全依赖的，只有文字不会欺骗我们，让我们用文字取暖吧。

多么经典而又沉重的话语，是的，用文字取暖，在更寒夜冷时，让心成为文字里的游魂吧，等待那一枝东风里绽放的鸟鸣粲然响起。

岁月如水，洗去了时间的尘埃，却冲不掉烙在我心壁上的斑驳，指尖淌出的文字，是心壁上一点、一点滑落的斑点，盛着日子的艰难和酸涩，沉淀了眼窝里的泪，通过文字，我正在把那些日子的碎片拾起，梳理了再梳理，连同那些淡淡的思念，一起尘封在字里。

第十二章

想念，在季节的转角处

秋，已接近尾声。携着浅痕，秋天的脚步渐行渐远，踏上了新的历程，走向寒冷的冬。

我坐在季节的转角处，盘点秋天，捡拾那些你在，或者，不在的时光；敞开那些你来，或者，不来的日子。

整个秋天，我背着沉重的行囊，在拥挤的城市里穿行。我的脚步缓慢，时常不知下一步该迈向何方。没有你陪伴的秋天，有些荒凉。日子，在等待中缓缓前行，变得漫长而忧郁。

空落的雨巷，徘徊着我伫立的身影，我以听雨的方式，与你倾诉。滑过伞的雨滴，溅起水漩的气息，淌过微凉的心绪。放下伞，拾起一些温暖的句子。你说过，为我去淋雨。我以同样的方式，走向你深邃的世界，任由雨，把记忆打湿，一起湿润的还有心和期许。

站在雨里，若一粒漂浮的尘，落入半空的水滴，在你呓语般的文字里飞行。那些只为与我对话的字，沾染了忧伤，潮湿了我的眸子。风从纸张里吹来，仿若能听见你的呼吸。我在时间的另一端，遥望你的城市，那是我一生都要跋涉的远方。

远方有多远？思念，丈量不出远方的距离。其实，远方，一直都住在心里。你说：你在，或者，不在，你的爱都在那里，不增不减。只是，你一直不懂，太遥远的相爱，无法触及。日子太瘦，凝结成泼向天宇的一滴墨，把淡蓝的晴空，染成青灰。

我坐在深秋的时光里，看天空的云，一朵又一朵地飘来荡去。耳畔，响起那首"风中有朵雨做的云"。忽然，想，成为一朵带雨的云，飘向你的天空你的城市，让泪水化成相思雨，让彼此，思念倾城，若纷飞的叶，落满城池。

秋天，只是落叶的舞台。每个清晨，或，黄昏，我站在岸边，看对面，落叶缤纷。

山野的枫叶，红了又红，给寒秋几许暖色。我拾起零落的枫叶，把一份又一份念想，写在落叶清晰的脉络里，随了风，飘向远方。我借着风低语，把淡淡的思念，穿过洁白的云絮，跌落在你的窗前，一夜又一夜，只是，你全然不知。

多少次，在梦里，透过窗的缝隙，看你熟睡的样子，若一个单纯的孩子，有着婴儿般的纯净，很想靠近，却怕扰乱了你的梦里水乡。怕来不及轻握，梦就消失，凌乱成一个影，再也寻不着踪迹。

我固执地把自己封锁，把思念禁锢成忧伤，把长长的牵挂隔断。隔成，一张又一张空白的纸，用沉默代替了分离。我以吻封笺，封面湿湿的痕迹，是一点又一点泪滴。我在黑夜里隐藏，不愿你看见我泪流满面的脸庞和无法捡拾的忧伤。

在夜晚，临窗而坐。把那些沉得不能再沉的忧郁，融入更深更远的黑里。

窗台的菊花，默默地开了，又悄无声息地落去，像我无法诉说的情愫。美丽只在瞬间，留下的是太多的叹息。秋天的树和落叶，谁会更懂得谁的孤单与脆弱？千里之外，是落叶满地，抑或，是一树葱郁。我们坐望在时间的两端，把一份情，沉浸于季节的深处。

静坐窗前。铺开白纸，用十指的温暖，为你抒写一首青涩的诗篇。来不及落字，风起，把纸上行走着的思念揉成片断。我把碎片，错误地当成你回归的脚步。来不及分辨，你的身影，已在夜里涉水而去。

好长一段日子，总是在夜半醒来，再也无法入睡。醒后，也不想开灯，只是安静地躺着。喜欢把自己淹没在漫无边际的黑暗里，让清冷的夜风淌过孤独的灵魂。灵魂深处的寂寞，在悲伤里繁盛。我用苦涩的泪水去抚慰薄凉的心绪，去浇灭疯长的疼痛。

我把悲伤留给自己，把快乐留给远方的你。夜色若风，我把所有的爱封存，连同悲伤一起，直抵心脏。我时常有些迷惑，是夜寂寞了我，还是我寂寞了夜。

还是习惯，在夜深时凝视你的方向，那里有我一生一世追寻的梦想。当晨曦映红了那一池残荷，我坐在菊花散落的窗前，用眼底的柔软，去温化满池的浮萍。那青葱的浮萍，用薄弱的根，决然迎接风雨的来临。

偶尔眺望。相思的雨帘，挡住了斜阳涉水而去的影子。只一低头，才发现影子是自己的影子，残荷与衰柳，早已追随着落叶而去，走进苍白的冬天。

其实，孤单的还是自己。一世的浮，一世的望，终是敌不过如水的宿缘。还有什么可以等待，还有什么可以期许。只是，心底那一抹散不去的念想，阻隔了澄明的天空，寂寞的世界，一直飘着雨雪。其实，为等这一场风雪的到来，已经等老了眸子，等老了时光。

梦里，真的飘来了一场雪。雪纷飞，轻盈如羽。一起飘起来的还有那颗心。心穿过一场又一场雪，终于抵达熟稔于心的那座城。满城，积雪若素，正契合了自己一身的白，白的脸，白的风衣，还有那些鲜活的记忆，也在雪里苍白。

醒来，我还穿越在梦里。想念，在季节的转角处蔓延，从秋向冬泛滥。

第十三章

最远的你是我最近的爱

今年的南方，雨水总是漫过阳光，从春天到夏天，雨下了一场又一场。于自己，是喜欢雨天的，总觉得雨天能使人安静下来。淅淅沥沥的雨褪去了尘世的浮华，还世界一份清远。"滴答、滴答"的雨声，起起落落，或清脆，或轻缓，若一首天然的心曲滋润着灵魂深处的哀伤。

喜欢雨，其实是喜欢雨意里的那份清远与宁静。常常，在雨夜，躺在床上，安静地听雨，心绪变得柔软而薄凉。一些日子在雨声里沉落，一些日子又在雨声里起伏，那些浸了水意的心事，近了又远，远了又近。

习惯了想念，想念遥远的城市，想念遥远的你。

一座城，一个人。一座陌生的城市，因为你而变得熟悉温暖起来。你住在城里，而城住在我的心里。我的心飞过时光的栅栏，抵达你的陌路、你的天涯。我的脚步，在你的城池里漂泊，拾捡着与城、与你有关的情节。

我们在不同的城市，坐望着同一片星空，彼此离得那么近，又那么远。我们的目光，穿越天空与云朵，淌过清风明月，用心抵达一场虚拟的相逢，那么繁茂那么热烈，又那么清冷那么寂寥。

尘世里的遇见，总是这般让人欣喜而疼痛。从相识，到相知、相惜，我们一起经历了那么多沉重，或欢愉的日子。然，我们的爱一直悬在空中，不曾垂落。其实，我们都明白，纸上的行走，是开不出花朵的。而我们，还甘愿沦落在那些似有若无的花香里，期待着一个属于我们自己的春天。

其实，我们在心里一直播撒着春天的种子。这些种子充盈着美好与希冀，牵引着我们的脚步前行。我们飞翔在灵魂之上，彼此搀扶着走过四季。春的烂漫，夏的热烈，秋的绚丽，冬的纯洁，都注满了我们的思想与活力。

人与人之间的距离，莫过于心与心的距离。当彼此的心靠了岸，所有的时光都变得丰满，所有的寂寞都变得斑斓，所有的等待都有了色彩，所有的梦想都长了翅膀。

尘世里，有种爱，很纯洁很简单。纯洁得无欲无求，只希望对方过得幸福快乐；简单到只是一份遥远的牵挂与念想，我们在丝丝缕缕的牵挂中走了一程又一程。

人们常说：有一知己足矣！而我们，在今生相遇，成为心灵的知己，也许，是三生三世修来的缘分。你常说：遇见我，是你一生的幸福！

我们是灵魂上的伴侣，用心感悟着彼此的思绪。快乐，或忧伤，都是属于我们自己的幸福。这份幸福，平淡而真实，清纯而幽远。

多想，让这份幸福，一直延续。只是，人生有太多的悲欢离合，瞬间会改变生活原来的模样，幸福，变得支离破碎。

不说生离，却面临着死别，肝癌细胞正一点、一点地吞噬着你年轻的生命，我们相守的日子越来越短。每天，我在牵挂与等待中度过，一个平安的信息，于彼此，已是流着泪的幸福。

无数个夜晚，我在凌晨醒来，心疼得发慌。我知道，是你的病痛感染了我。每每临窗眺望，我就梦想着自己是一缕清风，驻足在你窗前的青藤上，每天看着你安然地入睡，聆听你平和的呼吸，再看着你从睡意朦胧里平安地醒来。

只是，这些简单的俯视，或凝望，却成了一生永远无法实现的奢望。

已是六月，雨水依然泛滥，一直下个不停。

流水淌过的日子总是浸漫了忧伤。打开日历，我们的天空落满了忧郁，一些日子，在泪水里微笑；一些风，吹破凌乱的伤痛。

脚步，瘦了内心苍茫的旅途。一路走来，一路的风雨飘摇。那些跌宕的情节，落在时光的青苔上，堆积了一层又一层。当夜风吹落枝头的花朵，梦在风里摇落，湿湿软软，捣碎夜空和它的疼痛。

我们在绝望中前行，不知道还有多少日子可以一起相守，还有多少路途可以彼此搀扶，还有多少心事可以相互倾诉，还有多少……

夜深了。我站在灵魂之上远眺：幸福开始远遁，日子开始折叠，时光的羽衣已被泪水染湿，遥远的你和遥远的爱，从天空缓缓沉落，碎成我一生一世的疼与痛……

第十四章
相思无语

夏日的午后，阳光肆意地喧哗在树梢，知了不知疲倦地鸣叫，大地煎熬着太阳的炙烤，心绪莫名其妙地烦躁。

打开电脑，静坐屏前无语。点开文章，瞬间又关掉，平日里喜欢的音乐，似乎变换了曲调，闪烁的头像，没有想要倾诉的对象，踏遍网络，只是无情绪。

人说起来特别奇怪，总是，漫不经心间，便陷入一片茫然。莫名的情绪，如潮起潮落，漫上来，漫下去。沉淀，直抵心底。

关掉电脑，回到卧室，把空调的温度调到最低，瞬间便换了季节。心事如水一样，静静地流淌，溢出几许相思。

无处可安置的思念，随着心绪，洒满了一室。

白雪柳絮飞，红雨桃花坠，杜鹃声里又是春归。幽幽的心绪若杨花纷飞，漫过天蓝水幽、乍暖还寒的早春，有划过骨髓的寂寞。

掬一池春水于手心，倒映着你的容颜，笑语依然清晰如昨。一滴泪，模糊了身影，揉碎了情愫，心海泛起浅浅的涟漪，水面轻浮的绿萍，散乱成梦的眼睛，朦胧、迷离。醒来，你睡得正酣，轻轻地，不愿扰醒你，满池相思无语。

三月的风酥软了思念的雨点。

花间小路，泥香融融，燕语喧哗；彩槛下，微风吹拂，蝶影飞舞，柳絮沾惹着花粉四处飘飞，微醉如梦。

妩媚的相思散落一地，若美人泪洒的胭脂，温润、潮湿。树上的黄莺不停地婉转高鸣，惊醒了绿窗下独眠的我。

轻抹泪痕，执几缕思念，随着风筝，慢慢地升腾，飘然。风清、云淡、微蓝。拽在手里的线，忽然，断了。无语，凝噎。

四月的风有微微的凉，四月的雨，浸润着淡淡的暖。

风柔和了静寂的相思，一些似曾相识的气息，弥漫在记忆里。有模糊的影，萦绕在雨里。梦里，一抹淡淡的笑，凝结成酸涩的疼痛，散落一地悠悠的叹息。

南山的樱花丛里，觅不着昔日的欢声笑语，满地落红，为谁而哭泣？拾零数片花魂，洒落江水。

一种相思，两处闲愁。无语，相思。

五月、六月，相思躺进了梦里……

七月的流火，惊醒了残梦，染红了寂寞，点燃了静寂的思绪。离别时的情景，恍惚，若隐若现：语已尽，情未了，回首犹重道。青春的容颜，随着远逝的列车渐行渐远，直至背影划破了地平线。憔悴了容颜，丰腴了思念。

想着、想着便入了梦，醒来，已是今晚。

夜，悄悄地来临。街市的灯影倒映在水里，摇曳着满江明月。

风微浪息，江舟一叶。昏弱的光从船里倾泻出来，静静地流淌，浅唱低吟思念的心语。半夜心，三生梦，万里别，轻轻叹息：小舟载不动如许愁绪。

风，从月华里穿过来，恍若，曾经的月夜，你温柔的手，穿过黑发，低吻。脸，粉碎了桃红。几千青丝，随着心底深处的旋律，悠悠地荡漾开来，辉映着你的身影，轻柔飘逸地飞来，一如当初的笑容。

月华如水，轻拾夜的静谧。一些事，一些点滴，纷至沓来，迷离了眼，醉了心绪，相思散落一地。

轻轻抬头，明月空照，嫦娥舞袖。烟万缕，山无数。似水，茫茫渺渺；若山，隐隐迢迢。

爱到不能爱，聚到终须散，繁华过后梦一场，红尘一笑，与你徘徊共明月。

自道别，心难舍，一点相思几时绝？

两处相思无计留。

……

踏着月色，徘徊在你的窗前，和轻柔的月辉，凝视你的眼睛，品味你的呼吸，轻抚你的容颜。轻轻地，没有打扰你，聆听呓语和呢喃。

走进梦幻，相思无语。

第十五章
难说再见

六月的天空，透着浅浅的蓝，宛若孩童时的梦，流淌着简单而纯静的快乐。心驻足在某个角落，被轻柔的风唤醒，便有些许忧伤涉过浩如烟海的水域轻轻袭来，扰乱了我行走的方向，脚步变得凌乱而迷茫。

某些记忆，躺在光阴里沉睡，被闪烁跳动的音符悄悄地摊开，打开一片寂寂的时光，端坐在错位的季节里，此岸花开，彼岸花落，思绪散落成一地细碎的阳光。

风轻云淡的日子，行走在寂寞的黄昏，看尘世里过客匆匆，而自己还停留在遥远的时光里，细数着某些过往，某段流年，听风慢慢地说着过去，一些久远的记忆，在风中来去。

初夏的黄昏，静坐在江边的亭栏边，看着眼前那静静流淌的江水，在晚风的吹拂下泛着细碎的波光，有温润的阳光斜照下来，江面上是一片片鱼鳞般的灿烂。悠悠的风软软地滑过脸颊，浸染着旧时的花香，你模糊的影点燃了我无尽的思念。

关于那个初夏的夜晚，时光深处的记忆，鲜活如初，仿佛如昨。

还没来得及绽放就开始凋零的花朵，静默着忧伤，茫然回首，人已走远。风吹伤了我深情凝望的双眸，痛在心里，疼在眉间，笑容催落了栀子洁白如雪的花瓣。

离开你已经很久了，不知你过得好不好？我流着泪期盼着你拥有明媚如春的幸福，那样，我便可以淡然一笑，把悲伤留给自己，安静地转身离开。

风划过树梢，湿湿的花瓣挣脱了枝头的那一抹翠绿，染着馥郁的香，慢慢飘落，仿若要去寻觅停泊的港湾。拾零落红，花瓣柔软丰盈，洋溢着青春的芳华，不知那是对生的不舍，还是对死的淡然。

柳荫深处，燕燕飞来，问春何在？夕阳无语，青草自碧。

然，我期望中的幸福，泻满了幽深的伤，你凄婉的心语，触目皆凉，细腻的愁绪，缭绕在我漂泊的渡口，我的小船无法启航，晃动着潮湿的缠绵，始明白，你是我一生放不下的牵绊。

这个六月，难说再见。

我收拾好情感的行囊，把我们的爱悄悄地搁浅，做一次长久的封存，想要淡出记忆的栅栏。然，我褶皱的心事涂满了青釉，随风吟唱，在记忆的轮回里，期许一场往事里的宿醉，等光阴与容颜一起衰老。

某些寂寞，灼伤我消瘦的心事，在灵魂深处飞翔，越过千山万水，抵达你的楼台，伫立窗前，凝视着你熟睡的脸庞，轻轻地，不忍打扰你的梦里水乡。

许多记忆，已经铭刻于心，形式上的删除只是徒劳。夜的黑暗与冗长，敲打着刻骨的心伤。

于是，我开始在文字里游移，轻轻拾起一抹嫣红，几许湛蓝，用文字取暖，沉静在昨夜星辰昨夜风里，找不到爱的出口。

有朋友说，写字的女子不快乐，快乐的女子不写字。我的文字总是浸透着淡淡的忧伤，不想如此，是不得不如此。无数个静寂的夜，芜杂的心绪无处可以安放，我用微凉的手指触碰着苍白的纸，缓缓流出的却是相思的清泪，一遍遍触疼我的落寞与惆怅。

我用一页薄薄的纸片描摹你隐约的影，用一行浅淡的水墨，描摹我浓烈的情，守望变得绵长而幽远，那些未曾命名的文字，早已被相思浸染，滑入情感的深潭。

午夜梦回里，恨相逢，太匆匆，人间最苦的是情种。太多的身不由己，在岁月里苍凉，某些守望，搁浅在相遇的路口，把长长短短的日子走成生命的归途。站在六月的风口，凝望的眸子开始涨潮，仰望的姿势开始飞翔，举起的手，定格成永恒的守望。

第十六章
越走越孤独

兰儿的生日举办得非常热闹，吃过晚饭，一大帮人还去"午夜时光"酒吧里 HAPPY。包厢里，歌声飘浮，灯光摇曳，暧昧流动。有的人，嘶哑高歌，有的人，尽情舞动，有的人，吞烟吐雾，有的人，醉眼迷离。每个人，都尽情地释放着幸福与快乐，仿若，要醉生梦死，要沉醉不知归路。

而我，在角落，安静地坐着，看朋友们的千姿百态。听着歌，偶尔，想想自己的心事。仿佛，这些喧嚣与热闹都与自己无关。已记不清，从何时起，自己开始疏离与倦怠这些喧嚣繁杂的场合。总觉得，自己融入不了，也不愿意融入这些场所，总觉得这些场所不再属于自己。偶尔来，也是身在心不在。

兰儿，端着红酒，笑靥如花，东窜西窜，快乐如鼠。一直觉得，兰儿是一个快乐的女子，三十出头的她，在一家证券公司做操盘手，有车有房，却一直单身。用她的话说，她才不想把自己关进围城里，要做一辈子的"剩女"。

和兰儿是很好的朋友，这些年，我们却走着两条完全不同的路。她的社交圈子、朋友圈子越来越广，而我，总想逃离一些圈子，生活的圈子自然是越来越窄。于兰儿而言，每天和朋友们玩着闹着黏着，便会觉得充实快乐，她在喧嚣中快乐，在繁华中快乐，在快乐中快乐。而我，在喧嚣的场合里，总觉得自己是孤单的、是落寞的、是游移的，总有一种想要逃离、想要隐藏的冲动。总觉得，只有把自己搁浅在宁静与孤独的时光里，才能寻得真实而丰满的幸福与快乐。也许，尘世里的幸福也好，快乐也罢，都是因境而生，因人而异。

酒吧里的时光，总是浑浊而又易逝，一晃，便是夜里十一点。于朋友们而言，也许夜生活才刚刚开始。

起身，独自离开。这样的离开，无须告别。其实，有些离开，是无须告别，而有些离开，是无处告别、无人告别。

从酒吧出来，在夜色里行走。城市的夜空，没有酒吧里混沌，空气里流淌着清冽的味道。许是缘于下了几场雨，夜风袭来，竟有些许的沁凉。

夜色中的城，没有了白日的喧嚣与嘈杂，静寂的街道，灯火阑珊，行人渐少，便有几许清冷。这抹清冷，正契合自己的心绪。于我，是越来越喜欢清冷与淡然的时光，总觉得，只有沉浸在这样的时光里，才能找回真实的自己，自己才真正地属于自己。

记忆里，已经好久没有在这么晚的夜里独自行走了。就这样安静地走着，吹着风，想着一些忽远忽近的往事，记忆若水，在寂静的夜色里流浪。

　　回想，这些年的生命历程，一路走来，在得与失之间交错。一些人，在生命里来来往往，一些事，在岁月里来来回回，一些记忆，在时光里停停走走。记住了，该记住的，忘记了，该忘记的，还有一些，是该记住的却忘记了、该忘记的却偏偏记住了。于是，每每回头审视自己走过的流年，总有些许的惊喜，些许的遗憾，些许的怅然，些许的感伤。

　　总喜欢，在岁月的深里，去捡拾一些旧时光，不为别的，只为一份怀念。

　　记忆里，儿时的院落，伙伴成群，鸡鸭成群，小狗小猫慵懒地躺着，母亲捆着围裙，父亲抽着旱烟，溢满饭香的炊烟轻轻地飘过青瓦房，那时的日子，单纯而快乐，如今，父母老了，小伙伴们若炊烟一样飘走了，已不知去向；再回想，十几年的求学历程，一路上，有父母殷切的希望，老师期待的目光，同学友爱的双手，还有那些染着墨香的书本陪伴着，那一段日子，艰辛而快乐，只是如今，老师们老在了时光里，同学们散在了时光里，各奔东西，各散天涯。从孩提时代到大学时光，总是落满了快乐，那些日日夜夜，被飞翔的时光跌落成剪影，一段又一段，一截又一截，总是，近了又远，远了又近，总是在梦海里飘啊飘。

　　如今的自己，在时光里苍白，脸上与心上都划满了岁月的印痕。经过这么多年的摸爬滚打，在现实里磨砺，在商海里拼搏，尝尽了人情冷暖，看惯了尔虞我诈，悟透了"人情似纸张张薄"的内涵。于是，在习惯里习惯，在沉默里沉默，在前行中前行。

每天，在浮华纷扰的尘世，静看人来人往，淡看功名利禄，一个人在缄默中行走。我明白，之所以缄默，是缘于内心深处有一种秋水般永恒的孤独。这份孤独，让我沉溺，让我品味，细细咀嚼，有种沧桑的静美。这种沧桑的静美，是岁月的沉淀，是生命的回归，是别人无法体味，无法分享的味道。

这种沧桑的静美，就若夜色中的苍穹，深邃而忧郁。也许，于我而言，这份静美，是一杯清茶时光，一杯咖啡时光，一段读书时光，一段写字时光，一段音乐时光，一段静坐时光，抑或，就若现在，是一段独自行走的时光。

总是喜欢风中的落叶，不为别的，只为落叶那份淡然与安静。就若此时，街道的两旁零星地散着一些落叶，偶尔风来，一些叶子就随风飘散，若飞舞的蝶，有种安之若素的简约与静美，让我情不自禁地停下脚步。

夜已很深，一个人还在夜色中行走。眼前，兰儿灵动的身影还在晃动，耳畔，还回响着酒吧里的歌声，脚步，却追随着落叶的方向，一路前行。

我知道，若落叶一样行走，这条路会越走越孤独，然，于我而言，越是孤独越想一个人孤独地行走，就这样，走过一季，走过一生。

第十七章
一个人的灯火

　　有细碎的声音落入耳里，睁开惺忪的睡眼，循声望去，原来是窗外的雨滴在窗棂上发出的声响。这场雨，断断续续，怕是下了近二十来天了，下了又停，停了又下，下了一波又一波，像某些心事，来来回回，久久地不肯离去。

　　拾起枕边的手机，一看，凌晨一点多。最近时日，总是在夜半醒来，然后，就再无睡意，人，便会搁浅在某种空里，这种空，若城市边缘灰色的天空，寻不着澄澈的湛蓝，听不到明透的清音，让人迷茫而失落，有种无法言说的落寞在夜里回旋。

　　而更多时候，置身于这种空里，却又思绪万千，那些思绪，枝节如藤，丝丝缕缕地在如海的夜色里蔓延，若蜘蛛网上的节，一个连着一个，每一个节，便是一个记忆的碎片，这些碎片，或幸福，或悲伤，或落寞，或孤独，或惆怅，在夜风里飘荡，若落叶一样飞舞着，凌乱成些许斑斑驳驳的影，散在时光的深处，堆积了一层又一层，把自己的心严实地包裹起来，砌成记忆的墙。而自己，在记忆的墙里，画地为牢，独自行走。

记忆里，有好些日子，没有去触动内心深处某些柔软的情绪了。其实，不是不想，是不敢，怕轻轻触动，心就会疼。某些疼，若易碎的玻璃，轻触，一些隐痛便散落一地，碎裂成一些碎片，再也拾捡不起，像窗外零零落落的雨，潮湿心绪。

总觉得，内心深处，有些痛一直不曾离开。朋友说：陪你一起痛。一句轻语，曾敲打着我的心窗，有淡淡的暖淌过我脆弱的心，那些暖抚慰着我跋山涉水后疲惫的脚步，只是，朋友不知，有些痛，别人永远无法解读。其实，许多时候，不是自己走不出某些困境，而是自己不愿意走出来，总喜欢某种沉沦与沦陷，仿若，只有在沉沦的时光里，才能找着自己想要的幸福与孤独，只有在沦陷的城池里，才能寻着属于自己的那一盏灯火。

透过窗，城市的夜色，流光溢彩，远远近近的灯火，若苍穹里的星星，闪烁着遥远的温暖与希冀。伫立窗前，凝视着那些灯火，便情不自禁地想起一些诗句：远远的街灯明了，好像闪着无数的明星。天上的明星现了，好像点着无数的街灯。默默地念着这些句子，心里便有种莫名的冲动，想要逾越尘世的距离，抵达灵魂之上，重新拾起那些远逝的时光与温暖。

只是，那些远逝的时光，那些流动的暖，隔着盈盈一水间的距离，离自己那么近，又那么远。若某些遥远的花开，繁华落尽后是悲凉，只散落一地的残红，任时光腐蚀成泥。一直觉得，那些残红，有种凋零后的空寂与安静，这份空寂与安静，是历经沧桑后的忧郁与孤独。这些忧郁与孤独，有着秋天一样深刻的浓郁与深邃。

或许，正是缘于秋天深刻的浓郁与深邃，我才深爱着这个季节，深爱着秋天的斑斓与静寂。这些斑斓与静寂，一直在行走的脚步里重叠着。时常觉得，秋天的生命重叠着我的生命，秋天的孤独重叠着我的孤独，秋天的寂寞重叠着我的寂寞。

梧桐落，又还秋色，又还寂寞。秋，渐渐地深，心，渐渐地荒凉，流年里那些染指的爱情，也渐渐地消散，留下空空的行囊陪着自己坚守。

总觉得，人生是一个人的长途旅行。某一程，遇着某些人，陪你一起走过，某一程，再遇着某些人，陪你一起看风景，一程又一程，人来人往，人换了一茬又一茬，一些人来了，一些人去了。当繁华落尽，所有的路人都已离去，所有的风景都被踩在脚下，唯有依然空空的行囊陪着自己继续前行。蓦然回首，便禁不住慨叹：一路走来，滚滚红尘里，谁是谁的过客？谁是谁的风景？谁记住了谁的容颜？谁沧桑了谁的目光？

想来，有很久没有这样安静地思索人生，去安静地审视自己的人生了。也许，所谓的思索与审视，只不过是历尽沧桑后的一种疼痛的领悟，这份领悟，是喧嚣后寻得的些许宁静，是繁华凋落后拾得的些许淡然，使自己在经历后拥有一颗澄澈、淡泊的心，去独自面对尘世里的纷扰与凌乱，使自己在行走中，孤独的自己依然属于自己，孤独的灯火依然流动着温暖，就若此时的城，还依然闪烁着点点的灯火。

深夜中的城，静谧而寂寥。窗外，雨还一直下着，阳台上的风铃，还时不时地发出声音，这抹声音，悠长而清脆，若天籁般的禅音，直抵心尖，抚慰灵魂深处的皱褶。

我躺在床上，安静地听风，听雨，听虫鸣，心绪若水，心，在雨意里安然若素，拾得一刻宁静。也许，于我而言，一刻宁静，便是一片天空、一片灯火。

第三卷

握住

一季的苍凉

第一章

搁浅一场痛

深秋的菊，恍惚还在肆意地绽放，冬，已经很深了，某些残败与破碎在季节的深处悄然隐遁，像某场一直在风中行走着的伤痛，从沸腾走到冷寂，终于可以，在这个冬天搁浅。

于我而言，其实，并不喜欢冬天。总觉得，这冬天的冷，不是冷了季节，而是冷了人的心。仿佛，有一双无形的手，将那些微薄的幸福与温暖，从身体里生硬地抽离出来，让人遍体生凉，又像是有一场雪，落在来时的路口，隔断了所有的期许与仰望，把自己搁浅在风成林、雪满山的荒原，没有草场马蹄、没有流水琴音，只有一片苍茫的荒凉，让某些艰难的行走，在荒芜中渐渐地安静下来。

提起雪，便会沉溺于一些陈旧的时光，想起那些明媚的快乐与忧伤，想起那些有你、没有你的冬天。常常，在宁静的冬日，想起那些飘雪的日子，你坐在窗前，用青梅煮酒、用雪花写诗、用一支烟的温度，燃烧孤寂。你把那些无法投递的思念，在掌心里融化。而我，在遥远的南方，用一只秃笔安静地写字，把充满念想的日子写成一条长线，抵达另一座城市的边缘。那时的红尘天涯，没有兵荒马乱，只有雪花盛放着的透明与纯净。

曾经，在冬天，我们无数次虚构一场雪。我们坐在窗前，围着火炉，浅酌薄酒，静听雪落的声音；或者，我们一起，踏雪寻梅，用清澈的眼眸，接住雪花的晶莹；抑或，我们走进雪野，用深浅的脚印，丈量红尘的距离。甚至，我们设想过，用一场封山的大雪，埋葬尘世里的烟火与悲喜，还有我们被病痛折磨着的躯体。

我们在安静中行走，用一场祈盼的雪落，撑开夜色的沉重与冷寂。那时的日子，若雪，纯静而安宁，在风里追逐着一场浮世的清欢。多想，就这样走下去，相伴雨季，走过年华，用如水的指尖，记取莲的心事。

只是，终没有等到那样的一场雪落，却在某个秋天，迎来一场天堂雪，纷纷扬扬，搁置在红尘的渡口，把一场人间的烟火，蔓延成坟前的蒿草，还有苍凉的箫声。秋天的离歌，徘徊在杨柳岸边，旧时楼台，冷风残月，凉了多少秋声。那些蚀骨的隐痛、那些无法割舍的记忆，那些夜里蔓延的凄凉，那些任性泛滥的泪水，那些断弦的曲子，痛了多少夜里的风月。

那些日夜，孤单而颓废。一个人，在破碎里行走，每一步，都走得很艰难，像是走在泥潭，越陷越深，却渴望沉溺；又像是走在沙漠，任风把沙子吹进清澈的眸子；更像是走在茫茫的雪野，没有来去的路口。每一种行走，都落满了荒凉，每前行一步，痛便深了一层。那些踩碎的光影，若一枝藤蔓，在全身的脉络里，把隐痛扩展。

一个人，走了很长的一段路，从繁华走到凋零。陌上寒烟，染指流年，微凉的指尖，划破多少零散的时光。站在岁月的深处，捡拾这些跌跌撞撞的日子，终于明白，红尘里，有些路必须一个人走，那些说好陪你一起上路的人，走着、走着就散了。红尘的渡口，一些人来了，一些人去了，一些人在来去中徘徊。而某些守望，定格成一个姿势，在字句里沉寂。

冷寂的冬夜，再一次聆听《三寸天堂》，那些任性的泪水，终于，不再泛滥。在午夜，细数深深浅浅的流年，想起这些年的颓废与破碎，蓦然惊觉，自己许久未曾真正地快乐。那些画地为牢的日子，若蚕窝在茧里，在黑暗里沉沦。

提起，或，放下，一念之间，痛了多少季节。这个冬天，终于可以，把你放下，把你埋葬。也许，放下才是永恒，埋葬就是轮回。一直觉得，某个生命的消散，总会以另外的某种形式在某个时空存活。就如深秋飘落的那一树金黄，会在春天繁盛成一树新绿。或许，一季的风景，便是一生的守候。

冬天，已经很深了，再深一点，就能抵达春天的门楣。冬深处，细雨纷纷、草木深深，寒烟飘过，落满岁月的荒芜，打湿的情节，在一朵梅里开合。我把那些积淀的忧郁，以笔封存，让风吹散流年的沉重。

行走在季节的末梢，与江水瘦语，静听风摇落岁月的尘烟，重拾旧笔，以梅香落字，摊开书笺，我的心，一纸素白……

第二章
秋天的离歌

（一）

　　等夏天等秋天等一个季节，那年的秋天，我却等来一场离殇，那年的初秋，死亡之神，将你年轻的生命画上句号，从此，你我天人永隔，再见无期，从此，这个纷扰浮华的世界不再有你。而在我的世界里，有关你的记忆，一直不曾走远，那些记忆中的点点滴滴，像雨像雾像梦，一直在风中行走着。

　　关于季节，无所谓真正的喜恶，但在内心深处，却一直偏爱秋天。喜欢秋天的斑斓与寥廓，喜欢秋天的沉稳与内敛，更喜欢秋天的深刻与孤独。往年的秋天，在我的眼里，是一幅斑斓静谧的水墨画，流动着五彩缤纷的色彩，总能带给我灵魂深处一抹又一抹亮光，这些亮光，是生命的色彩，牵引着自己的脚步沉静地从秋天迈向寒冬。而今年的秋天，许是因了你的离去，所有的色彩都变得寡淡而寂寥，冷清而落寞，一地的秋色，早已染上了冬天的惨淡与衰败。

一直不曾去深思，是秋寂寥了我，抑或，是我寂寥了秋。也许，答案并不重要，因为，所有的结局早已写好，所有想念早已枯萎，所有故事早已结束。只是，有些记忆，却成了生命里一场不散的筵席，像一场华丽的舞会，曲终人散，剩下一地的狼藉，在秋风里飘来荡去，不知如何收场。或许，有些场景不用收场，因为，一切结局早已在开始时埋下伏笔，只等一阵风、一场雨，或，一场雪，把一些记忆埋藏，把一些凝望摇落成冬天的霜。

(二)

秋已深，菊已残。于我，是喜欢菊的。往年，总会去山野里看漫山遍野的菊，看那一簇、一簇若太阳般盛开的野菊花。而今年的我，一直没有勇气去看，因为，"菊花谷"里，有了悼念你的灵堂。看着那些淡淡的小菊花，心里总是没来由地感伤，一些轻触即疼的思绪也在菊花里盛开，泛滥成不可收拾的悲凉。

其实，你也喜欢菊。你说，之所以喜欢，是缘于一场遇见，在今生，你曾幸运地与人淡如菊的我相遇。你生前曾说，若你去了，网上的灵堂最好设在"菊花谷"，你喜欢躺在野菊花盛开的山野里等待下一个生命的轮回，你相信，我们在来世还会遇见，我们还会在野菊花淡淡开放的山野里听风吟鸟鸣、看云卷云舒，等风起的日子，一起笑看落花。

只是，你有所不知，爱若去了，心便会生凉。行走在凉意浸透的深秋，满眼是残菊的影子，满耳是"菊花台"的旋律：

菊花残，满地伤

你的笑容已泛黄

花落人断肠

我心事静静淌

这些旋律缓缓地淌过我的心海，揉碎了夜色的迷离。那些斑驳陆离的心事，在凉夜里淡了又远，远了又淡，在辗转来回里凌乱成人比黄花瘦的残影，淡了一生的红颜，痛了一世的期许，凉了一生一世的诺言。夜，一梦久远。那些残梦，随着夜风，飘向远方，化成一缕缕淡香，把所有的孤单与寂寞，在眉间心上凝结成霜，浓成化不开的念想，是一季，也是一生。

（三）

你喜欢菊，而你的墓前却只放了些许的荷花。这些荷花，是你在生前时自己去挑选的。你说，我们遇见的季节，正是莲花盛开的淡夏，你不想淡了尘世里的红颜。你说，莲在，你就永远在，那些或白，或红的莲，是你对我一生一世的牵挂，是你凝望的眸子，会看着我幸福快乐地生活着。

你走后，我把你墓地的照片放在了那个空间里，只为一份永远的惦记，因为，那里有许多你为我留下的文字与心语。偶尔打开，那些字里行间还流淌着淡淡的墨香，那些墨香里还行走着你轻淡若梦的影子。

影子，在时光的深里，清晰了又模糊，模糊了又清晰，若时光的剪影，有你，有我，还有一些岁月里的记忆。也许，人的一生，一个人对于另一个人来说，存在的形式只有记忆，而于生者来说，有记忆便已足矣！因为，尘世里的永远，只有记忆会一直在灵魂里鲜活、灵动如初。

秋，若野菊一样，已残，而满池的青荷也已衰败。萧萧秋雨里，便只留下残荷听雨声了。总喜欢，在绵绵的秋雨里，安静地听雨，听淅淅沥沥的秋雨一声声空阶滴到明。听雨，其实，是听一窗心事，所以，雨声里，自然地多了些许惆怅与叹息。

(四)

秋，已经很深了，秋天的脚步也渐行渐远。只是，深秋的风，携了落叶，一直在风口徘徊，久久地不愿意踏上冬的征程。

站在树下，仰望一树的金黄，看落叶在寒风里摇摇欲坠，充满了无限的留恋与无奈，总觉得这样的场景，像一场繁华的盛宴，无论多么的奢华，终会散去。就若这满树的叶，无论多么依恋一起搀扶着走过的树，还是会在季节的深里散去，回归凋落的宿命。

或许，回归才是生命的底色，才是生命的真正的结局。因为，回归也是一种重生，就若这些叶，腐烂成泥后更护花。这样想着，心便滋长出几许欣慰，眼里的秋色，也升腾出几抹亮光。

其实，滚滚红尘里，所有的尘事，都是来易来，去难去，分易分，聚难聚；所有的情缘，都只因那生命匆匆不语的胶着。

我在滚滚红尘里，独自行走在秋天的末梢，看红尘来去，听一首"晚秋"：

在这个陪着枫叶飘零的晚秋

才知道你不是我一生的所有

蓦然又回首

是牵强的笑容

那多少往事飘散在风中

我安静地聆听，安静地行走，看细碎的阳光，若雪花一样在深秋里纷纷坠落，我期待着一场冬雪，埋藏所有的疼痛与悲伤，待到明年雪水消融，春暖花开。

我站在季节的转角处，追随着纷飞的落叶，与它们一起，踏上寒冬的征程……

第三章

你若安好，便是晴天

（一）

这么多年了，我还清晰地记得与你初识的情景。那是一个初夏的夜晚，月光融融，风轻云淡，我们不期而遇，若多年未曾谋面的老朋友一样，说着话、听着歌、谈笑风生，无关风月，无关情爱。

缘分，可遇而不可求，也许你和我便是这样。

无论是在现实，或是在网络，我都是一个清心寡欲、淡泊名利的女子，说是淡泊，也许在别人的眼里是清高、孤傲。我不去管别人的想法，只是一个人生活在自己的世界里，若一只虫窝在茧里，茧内的世界孤单、寂寞，外面的世界繁华、喧嚣，而自己从来不想破茧成蝶，因为，我明了蝴蝶是飞不过沧海的，也许破茧成蝶的瞬间便会注定一生的凄苦与落寞。

人生有许多意外，这些意外会打破你原来的生活、原来的想法，会改变你初时的模样，你会在这些意外里不由自主、心甘情愿地挪动步伐，一些日子随季节渐行渐远，而另一些日子又随季节渐行渐近，而时光如潮水一样把步伐淹了一层又一层。

多年来，一个人在缄默中行走着，把一些伤痛隐隐于心，之所以缄默，是因为习惯了落寞的日子，习惯了独自承担，也习惯了不向别人倾诉心事。

一直觉得，我们的相遇就是一场意外。你的真诚、你的坦荡、你的柔情、你的关爱、你的疼惜，若和风细雨温暖着我落寞的心绪，慢慢地开启着我尘封的心河。我无法——细数你待我的好，就若我无法细数那些斑驳的时光。

我们若两个孩子，每天有说不完的话，相互倾诉着心事，相处得越久，越发现原来我们有那么多的相似。其实，我们明白，这些相似是因为情义相通、心有灵犀，是缘于一份美好的情感。

一直很怀念那段初识的时光，那段日子是晶莹剔透、简单纯净的。我们的天空充盈着快乐、流淌着温暖，幸福若花儿一样绽放。

（二）

我说过，人生有许多意外。有些意外，让人惊喜，而有些意外却让人惊愕。

相识不久，你们单位例行体检，查出你是肝硬化。这个消息让人惊慌，因为，我们都明白，这是一个富贵病，弄得不好就会转化成肝癌。

你住进了医院，每天在药水里浸泡着。而我，看着你受着病痛的折磨却无能为力，只能远远地望着。透明的药水一点、一点地滴入你的身体，幽深的伤痛也一点、一点地注入你的血液。

每天我在牵挂与担忧中度过。我把身边一位肝硬化朋友在北京看病开的药单子给你，让你坚持服用。我说："好怕你的病忽然就严重了，怕你离开。"你却说："林儿，不用怕，这病算不了什么，我会一直陪着你。"你还开着玩笑说："你不来，我哪敢老去呀。"你说这些话时，我总是沉默着，只轻轻地"嗯"了一声。只是，也许你有所不知，我是含着泪水答应的。

时常觉得，幸福总是很短，若烟花，绚烂绽放后便消失得无影无踪。只是，历经一些事情后才会领悟到：幸福并不是太短，而是赋予了更多的味道。有些幸福是快乐的，而有些幸福是疼痛的。就若我们，这些年来，一直过着痛并快乐的日子。

这些年，我们一直挽扶着前行。每天，我们还是会说很多话，只是多了些新愁与忧伤。我们不再是在天空中快乐飞翔着的两只小鸟，而变成了湖水里的两条鱼。我们把疼痛的眼泪融入水域里，不想让彼此听见、看见，不想让彼此疼痛。其实，我们又都明白，每天我们快乐着彼此的快乐、忧伤着彼此的忧伤。

从此，我们的天空下起了心雨，充满了忧伤。

每到深秋，我都会坐在阳台，安静地听风的声音，看落叶一片、一片地凋落，悲凉的情绪总会蔓延全身，总觉得，人的生命就像落叶，在风雨中坚守了一季又一季，而最终还是会离开生命之树。

（三）

日子，水一样流淌着，几年的光阴就若握在手心里的流沙，转眼即逝。年轮里记忆的碎片，若剪影还时常鲜活，仿若才刚刚飘过，还在身边不曾走远。

我们的情感在时光的旋涡里越来越深，而你的身体却越来越差。你在病痛的折磨里坚持着，终于有一天，你再也忍受不了那种锥心的疼，扯肺的痛，你走进了医院。检查的结果，是意料之外，却又是在意料之中，你终是病入膏肓，从肝硬化转化成了肝癌。

我已经无法用文字来表达知晓这个结果时的心绪，除了悲凉、伤痛，还有的就是绝望。我把你的检查报告发给一位朋友看，朋友说最多还有三到五个月的时光。听到这个结果，我的心都碎了。我不知道，该如何把这个残忍的结果告诉你。而你却说，只相信我说的话，你要知道自己还有多久时间可以活着。其实，聪明如你，你早已经知道了你自己的真实病情，你只是要让我说出口。

南方的三月，正是莺飞燕舞、春暖花开时节。我时常一个人在江畔公园行走，看一树又一树花开，一缕缕、一簇簇的花朵儿在枝头喧闹着，那么灿烂那么繁盛。只是，风来时，便有大片、大片的花瓣凋落，纷飞如雨。常常，我坐在树下，捡拾一地的凋零，我把花瓣置于手心，安静地凝视，她们还那么鲜美，还流动着生命的气息，正如你年轻的生命，才三十多岁却快要走到尽头。每每想到此，我的心就疼得厉害、疼得发慌。

四月弹指芳菲暮，满地的春色慢慢地在时光深处隐遁。而整个四月，你在手术、化疗的病痛中煎熬着。你说，你生不如死；你说，你想一个人悄无声息地离开尘世；你还说，你多希望能多活些日子，能再陪我一程；你还说……

听着你的话语，我泪流满面，我不知道该用什么样的话来慰藉你破碎的心。我仿佛觉得，有一张空白的纸落在我的面前，让我为你去抒写生命的诗篇。而我，却无法落字，字未落，却先成伤！

在生命面前，一切努力都显得那么的无力；在生命面前，所有语言都显得如此的苍白！我把一位癌症病人写的文字发给你，有一段文字代表着我的心语：不论人生的火车开到哪一站，好好活着就是自然的艺术，就是对生命负责，就是大美而不言！

五月的天空，一直飘着雨，落满了忧郁。你的病情越来越重，你的身体越来越弱，我们数着指头前行，过着一寸光阴一寸灰的日子。不去想，你的生命长度还有多长，不去想我们还可以一起走过多少时光，不去想前世今生的惆怅，我只想：许你一生的安好，许我一世的念想，于彼此，你若安好，便是晴天！

第四章

黄昏漫步

（一）

初秋的黄昏，少了夏日的干燥与闷热。漫步在江畔，徐徐的风，竟有几分凉意，才知，不觉已是秋。

季节，总是在不经意间悄悄地来又悄悄地去，很有些像流水，还有些像风，看不见捕不着的。

时光，总是疏离了季节。当又一个秋天悄然而至，许多隐痛在心里蔓延，心，低到了尘埃里，薄凉，脆弱。

初秋的天空，像婴儿纯洁的眸子，不染纤尘，倒映在悠悠的江面。思绪，若落进了水底，鱼儿一般地游着、想着，荡起小小的圈儿，像是绽放的笑容，纯净而清透。

或许，在秋天里该有笑吧。因为，在这样的季节，丰收的喜悦消散了许多感伤的心绪。

常常，静坐窗前，听风生水起，看云卷云舒。

那日，立秋。

你说："秋天来了，一起来的还有心头的霜，慢慢地拍打，慢慢地让人冰凉。"

你绝望的话语，在我的心中，涌起一种说不出来的疼痛。淡淡的，刻骨的疼，在胸腔里轻轻地飘浮，向全身的血液里渗透。

倚窗看天，纯粹的云，在纯粹的蓝天上，一朵一朵的幸福地飘着，我却禁不住想要落泪。

轻盈的云朵，宛若幸福，柔润而温暖。总觉得，幸福离我们很远，像浮云，风一吹，便散到了天际，无处可寻。摊开手掌，想要抓住些许幸福，握住的却是一把秋凉。

（二）

喜欢黄昏的江畔，喜欢那水、那鱼，那河底的水草、河滩上的鹅卵石以及那风中飘飞的花絮。

一个人漫步在江畔，心绪慵懒而闲散，边走边想一些似有若无的心事。

一江盈盈的秋水，揉碎几度斜阳。

伫立河畔，我最初的眼眸，迷离一个久远的传说。

那夜，你从江南驰马而来，踏破天涯风尘和漫漫月色。马蹄声处，一粒石子抛进心灵深处那面宁静的湖水，溅起水漩的气息，潮湿了我忧郁的双眸。

从此，孤寂的夜，一个人的灯火，照亮天涯的两端，温暖着彼此的心房。你一页一页地翻阅我褶皱的心壁，以令人颤动的浓情浸润着我的灵魂，走进我深邃的梦境。

纸上的相遇，宛若一场梦里的相识。更寒夜冷，无法阻挡心的远行，你用尽半身的温柔，为我取暖，让我整个身心纯洁地发烫，爱的冲动，在夜里滋长，昏暗的灯火，流淌着淡淡的暖香。

你说，想你的时候，对着你的方向呼喊，你一定能感知。于是，无数个黄昏，立尽斜阳。

凝视着远方，思绪游进记忆的河流，把潮湿的思念，停泊在江流最深的地方，沉寂成梦。而我，甘愿是你岸边的一根水草，倾听你的独白和呓语，揉搓你发着低烧的相思。

（三）

此时的夕阳，润如胭脂，若一幅流动的水彩画，倾泻在弯弯的河面，偶尔掠过的飞鸟，在水彩上划上一个又一个圆弧。

江畔的黄昏，泊在宁静里。

远山，几截炊烟，身形袅袅，缥缈地流转。秋蝉，依然在树上鸣唱，安然地面对自己的日暮途穷。

安静地坐着，看夕阳缓缓沉落。

蓦然忆起"夕阳无限好，只是近黄昏"的断句。心绪，莫名的伤感。

你说，只想活着一天，好好爱我一天。可，为何那么难。

你还说，你注定一个人守着破碎的心，在麻木里麻木，在绝望里绝望。

你幽幽的心语，带着深深的叹息。那一声声叹息，是对生活的无奈诠释，是对人生负重的无限感慨，抑或，是对蹉跎岁月、似水流年、抹去苦痛的超越。

那天，你说了很多。而我，选择了沉默，把所有的爱写在落叶永恒不变的铮铮脉络里。

站在风中，看落叶翻飞，我为落叶生得热烈，去得静美而感动；也为落叶失去生命，将获取再生而欣慰！

我明了，这个秋天，我还是会在缄默中行走，从起点开始，重新上路，徜徉在黄叶满地的小径，一直向前，向前。

暮色渐深，一个人走在冷清的街头。走着走着，我忽然感觉头顶被什么东西轻抚了一下，跟着，一样东西飘落在地。原来，是街旁花园栏杆顶端自由伸展的枝头飘落的一朵花儿。这朵花，嫣红若血，正在盛时，没有理由凋零。我不知道，它为何而落。

满城的灯火像秋后的果实，一枚枚地亮了起来。我却木然地垂头，让泪水在渐渐沉落的暮霭中安静地跌落。

我拾起那朵柔软而浓艳的花朵，带回家，放在枕畔，安静地睡去，和它一起做梦……

第五章

雨夜，进过的忧伤

绵绵的冬雨，仿若无处可安置的忧伤，迟迟不肯离去。在季节的转角处，凌乱了脚步，迷失了方向，徘徊在冬日的路旁，似乎在寻觅下一个停留的伤口。

伫立阳台，水雾茫茫，望断雨帘，触及不到你的一丝痕迹。

步回幽室，扑上浅浅的眼影和淡淡的腮红，清瘦、苍白的脸颊，便有了些许生动。穿上紫色的风衣，散着秀发，撑一把蓝色的小伞，没入雨夜。

总是莫名地偏爱淡紫微蓝。有人说，紫色代表浪漫，蓝色代表忧郁。两种颜色的结合注定了情伤。

心事缕缕。漫无目的地徜徉在喧哗的街头。风，扬起秀发，有浓浓的寒气漫过肌肤，侵袭着心窝里浅淡的暖意。瞬间，遍体生凉。

喜欢冬天的宁静，骨子里更喜欢冬天的萧条与凄凉，某些颓废与破碎在残冬里蔓延，这些感伤的景致，总是有让人疼痛的理由。仿佛只有这样，麻木的神经才能触摸到尘世里生命的气息，心才会鲜活起来。

那年的秋天，因了你的相伴相牵，暖意融融，遍地斑斓，似乎特别得短，短促得没来得及在红叶上涂抹相思，便被现实撕裂成伤心欲绝的碎片。

深秋，彼此怅然的背影，错散在冬季的苍凉里。我们远远地来，邂逅，又远远地离开，像一场梦中的行走，灵魂在午夜梦回放逐，靠近你，温暖我。某些孤独，瘦成一根线，在一声鸟鸣里流放。

一直以为，自己脆弱的内心很坚强。面对生离，才发觉，自己坚强的内心其实很脆弱。你转身的那一瞬，我真的哭了。我没有办法挽留，也没法选择。我们不能停止，不能回头。

耳畔，犹响起你绝望的话语："以后，花落人亡两不知。"眼睛忍不住阵阵潮湿。你憔悴的容颜在风中漂泊，某些熟悉在眼眸里回旋，模糊了又清晰。临窗听风，幽幽的叹息散落一地，"渐行渐远渐无书"的日子，变得苍凉而疼痛，一份惦念，无从说起，来不及告别，你悄然走远。

雨，纤巧地拍打着小伞，宛若零碎的音符，浅唱低吟不成调的歌谣。街头清冷。周遭的人群，行色匆匆。每一双脚步、每一张脸庞、每一缕眼神，充盈着尘世里的期许和渴望，朝着既定的目标，或快或慢，安静地前行。唯独自己，如迷失的羔羊，不知要往哪儿去？不知要去干什么？

脑海里，忽然跳出一句歌词：为了生活，人们四处奔波。生活，多么简单而平淡的词汇。简单得是一顿饭局又一顿饭局；平淡得是一个七日又一个七日。对于凡尘俗世，生活也许是忙碌、奔波的人们脚下的路。

人生的路，没有尽头，两边的风景在移走。只是不知，哪些风景会在生命里定格成画，记忆恒久。是来时路上的欢声、笑语还是忧愁？是心海深处的那一湖湛蓝，一抹嫣红，还是一帘幽梦？

而你，早已泼墨成画，铬刻成印，定格在我的记忆之城。

你曾说，爱我爱得很卑微，完全失去了自己。如今，你的世界不再有我，你是否找回了你自己，过上了你想要的生活？

巧遇红灯，静静地等待。人许多时候，你心甘情愿也好，无可奈何也罢，你不得不等。

凝视红灯一秒一秒地减少，心莫名地隐痛。生命若捧在手里的水，多少时光就这样从指缝中悄悄地流逝，人，却浑然不觉。

冷雨，淅淅沥沥、密密麻麻，越来越大，街头的身影渐行渐少。凄风，划过树梢，叶子飘然，散落一地。轻轻拾捡落叶于手心，静静地看着，落叶上爬满了岁月的皱纹，浅浅的，淡淡的。宛若清雅的素笺，记录着那些自己不曾遗忘的过去、无法拒绝的日子和错过很多美好却永远无法弥补的际遇……

你说，失去我很伤心伤神。对你的牵挂很浓，想念很重。

这些日子，每每夜半惊醒，孤灯独对，满室静寂，儿语成伤，点烟抽痛。迢迢清夜，有话不能说，有泪不能流，为何聚散不由我。

常常问自己，前世今生，我是你的谁？你又是我的谁？我想不明白，也不想明白，却不得不去明白。因为，现实生活中的许多事情，你无法接受也要接受。

　　一辆小车飞驰而过，污水四溅，洒落满身。蓦然回望，灯火已阑珊。而我，走在风雨中，却不想回头，只想让自己习惯寂寞。

　　夜渐深，雨未停，冷月清寂。

　　一把伞，一个人，几许忧伤。

　　泪，悄然滑落，淋湿了心事。

　　回忆一起走过的日子。温润的唇畔，有些许浅淡的笑意绽放。

　　雨夜划过的忧伤，入了情绪，悲伤到微笑为止……

第六章

爱是舍不得丢弃的痛

又一场秋雨不期而至，这场秋雨，从昨天早晨一直下到今晚，雨声，或淅淅沥沥，或起起落落，或滴滴答答。这场雨，下得有些随意，有些凌乱，若一个寂寞的女子，在自己孤独的世界里抖擞着自己才懂的心事。

喜欢雨中的秋夜，潮湿的雨水褪去尘世的浮华与烦躁，还城市些许宁静与淡然。天空在雨声里安静下来，城市在雨声中安静下来，城市里的人在雨声里安静下来，奔波的脚步、漂泊的心、疲惫的身躯在灵魂中安静下来。整个世界，浸在寂静的孤独里。

喜欢在雨夜里沉浸于孤独之中，微闭双眸，把自己沦陷在无边无际的黑里。整个世界，除了黑暗还是黑暗，除了雨声还是雨声，除了自己还是自己。时光，若一条河流，载着我内心沉淀的痛与你的死别之痛，流向没有尽头的远方。

有人说，孤独是一种静美。而我，喜欢这种流淌着疼痛的静美。躺在床上，听着雨声，脑海里闪过里克尔《秋日》里的诗句：

谁此刻孤独，

就永远孤独。

第一次遇见这些意境优美而富有哲理的诗句，我的心就被俘虏了，有些温暖，有些潮湿，有一些安静的疼痛。这些，是惊醒灵魂的句子，瞬间便抵达我的心尖，让我拥有一颗澄澈的心，而这颗心，因了你的离开而永远孤独。

孤独，是深刻的，若秋天，也有深刻的孤独。一些草、一些花、一些树，在春天生根、发芽、开花；在夏天成长、繁盛、结果；在秋天凋零、溶化、腐烂；在冬天埋葬、沉睡、蛰伏，而后，等到下一个春天，以另一种方式存在于世界的某个地方。总觉得，季节的轮回，就如一场生命的轮回，你去了，我却觉得你还在某个地方看着我；有时，季节的轮回又如相遇的一场烟火，瞬间的绚丽之后便是永恒的孤独。就若，我和你的遇见，轻轻地你来了，悄悄地你走了，留下我一个人永远孤独地行走着。

孤独，若暗夜里的露珠，散碎于草尖上、叶尖上、树尖上，在月色若水、清辉满溢的夜晚，它把内心深处的忧伤、悲痛、绝望凉在月光里，独自去体会、品味、咀嚼，等晨曦微起时，又把这些各种滋味一一地装回行囊，等待下一个夜，再下一个夜，拿出来重新回味。因为，有些结局只有自己打开；有些痛苦只有自己承担；有些路只有自己走完。

一直想不明白，是因为自己喜欢孤独而喜欢上秋天，还是因为喜欢秋天而喜欢上了孤独。也许，有些事不用去弄明白，就如有些问题永远没有答案，有些故事永远没有结局，有些情感永远没有永远。

喜欢"黄叶风送还"的秋天，喜欢秋天里的落叶。每年的秋天，我都会收藏一些落叶，写一些絮语，安放在温暖的书页里，等待下一个秋天翻阅，总有些许感动。只是，于我而言，今年的秋天是永恒的疼痛，秋天不会回来。

而我，还是习惯于在秋天里缄默地游走。记得，那日午后，为了释放与你的死别之痛，一个人去郊外行走。因为，我需要以这样的方式去释放灵魂深处的疼痛。黄昏时，山野里，只有树，只有落叶，只有我和我的影子。晚风轻拂，夕阳温软，山野寂静得如一幅水墨画，我的心却孤独得疼。我朝着落叶满地的小径前行，任由泪水肆无忌惮地流淌。

犹记得，七月中旬的那个夜晚，你哽咽着说："林儿，真舍不得离开，真想就这样一直陪着你……"我安静地听，安静地疼，安静地流泪。你说，舍不得离开，不是想苟延残喘地活着，只是舍不下你的爱。

我们一直期盼生命的奇迹，只是，命运还是把你带走，就这样，你走完了三十多年的红尘之路。总觉得，人生太过残忍，生命太过脆弱。就若地上凌乱的落叶，斑驳的黄里还泻满了葱绿，生命的脉络还清晰可见。

其实，那时你离开才只有十几天。只是，离人心上已三秋，于我而言，仿若你已经离开了一世。这十几天来，每天我在夜里捡拾一起走过的点点滴滴，捡拾得越多，心里越痛。痛，不是因为你的离去，而是因为那些还在生命里鲜活的记忆。总觉得，你并未真正地离去，你只是去了远方的某个地方，还会回来。

今晚，我才清醒地意识到：你是真的离开了尘世，你是真的走了，你是真的再也回不来了。心一阵又一阵地疼，说真的，你离开了多久，我的心就荒芜了多久、心就颓废了多久。

而人，总是在失去之后，才懂得去珍惜，才想起自己没有好好地把握，失去了许多。

回想这些年，因为生活的繁杂、工作的忙碌，一直没有很好地关爱你，甚至于有时想好好陪你说话都找不到成整的时间，我的心时常充满了内疚。也许，遇见之始，便注定了你的凄苦。你却说，遇见我，是你一生最大的幸福，你感谢命运让你在生命的最后几年有我陪着度过；你还说，爱我，与我无关，爱我，就没有想过回报，只希望你的爱能带给我些许温暖。

偶尔，在你说"爱"的时候，我会心血来潮地问你。

"爱是什么?"

"爱是 LOVE。"

"等于没有回答，不算数。"

"林儿，也许你永远不会明白，爱只是我一个人的独抱残缺，是一种无法言说的痛与疼。"你沉默了一会儿。

你的话，让我有些许的恍惚。痛，在我的心尖上踩了几下，然后，又倏忽地就离开了。也许，是因为现实生活的纷扰，自己很少去思索过爱是什么。偶尔，你也会问我。

"爱是什么？"

"切，都什么年纪了，还有精力去爱，我们不说爱，只说想念，好吗？"

这个时候，你总是长久地沉默不语。

一起走过的片断就这样来回地在脑海里回旋，耳畔却响起"三寸天堂"的旋律：

停在这里不敢走下去

让悲伤无法上演

下一页你亲手写上的离别

由不得我拒绝

已是凌晨，夜已很深，窗外，秋虫与秋雨鸣着绵绵不尽的悲凉。站在窗前，我却借不到三寸的日光，去仰望你在的天堂。

夜色如海。我在夜色里遐想：如果时光可以倒流，如果你还活着，如果还回到那个夜晚，如果你还问我"爱是什么？"我一定会流着泪，回答你："爱是舍不得丢弃的痛！"

第七章

一切等待不再是等待

（一）

2012 年 8 月 25 日凌晨 2：30 分，轻轻地，你走了。当晚，2：40 分从睡梦中醒来，心很痛很慌，后来便收到你离开人世的信息。痛，在泪水里蔓延，像一根根长满刺的水草，在我的血液里来回地纠缠，把心刺碎，而后，又把心扯空。

此时的我，已经无法用文字去描述自己这几日的心绪。因为，有些痛，文字无法抵达。

只是，这些天，心很沉、很重、很痛。一直想要为你写篇悼念的文字，却因为忧伤，一直不敢去触及内心的隐痛。

提起笔，千言万语，却不知从何说起。原来，文字在死别面前，显得如此的单薄，如此的无力。就如此时的心，脆弱而疼痛，内心一片苍白，唯有痛一阵又一阵袭来。

（二）

你离去的那晚，我正在另一个陌生的城市。那晚，没有雨，没有月，只有无边无际的黑。夜空，若一个黑洞，仿佛所有的生命都已经隐遁。唯有我切切的痛在泪水里泛滥。

其实，这一天，一直在预料之中。只是，真正来时，还是撕心裂肺，肝肠寸断。

回想你生命最后的时光，你一直在病痛里挣扎。你离去的前几日，与你最后一次通话；8月24日，收到最后一个你亲自发的信息；8月25日收到你家人发来你离去的消息……

仿若，一切还不曾走远，耳畔还散发着你的呼吸。弹指，你已经灰飞烟灭。从此，我和你，天人永隔。

我站在城市的边缘仰望夜空。夜空无语，我也无语，唯有与你一起走过的点滴陪我度过。

（三）

也许，死于你是一种解脱。从2008年8月查出肝硬化到你离去，刚好四年，四年来，你一直受着病痛的折磨，你的身体一天不如一天。四月，你从肝硬化转成肝癌，更受着常人无法想象的蚀骨之痛。短短的四个多月，你经历了两次手术，　次病危，一次大吐血（近两碗），几次晕厥，到最后，所有的器官衰竭，枯瘦如柴。临走的前几天，因忍受不了癌痛的折磨，你一直想要安乐死。

在你生命的最后几个月，我安静地陪你，陪你痛，陪你流泪，陪你一起与病魔斗争，与死神赛跑，希望你能多活些日子。

8月1日，你最后一次与我说话，最后一句是："等我回来……"我流着泪点头，其实，那时，你生命的灯火已经将要熄灭，医生已经告诉了你的家人，你只有十多天的时光了。而我们都不忍心向你吐露这个消息，因为，你还那么年轻，你还有许多牵挂，你还怀抱着生的希望。你说："林儿，我感觉自己能活过今年……"我陪着你等待生命的奇迹，只是，所有的等待都缓缓沉落，沉落成今生永远无法实现的梦与伤。

（四）

你离去的这两天，我正在乐山大佛、峨眉山行走，一路的风景，都幻化成你的身影，一草、一叶、一木都落满了忧伤。

我跪在71米高的大佛面前，把头深深地埋在双腿上，虔诚地向佛祖祈愿：希望你在通往天堂的路上，一路走好……我不知道，是否真的有天堂，你走得那么急、那么快。25日凌晨离开，当天就火化安葬。十几个小时的光阴，鲜活的你，就化成一股轻烟，一抹灰烬。从此，尘归尘，土归土。

我坐在大佛前凝视着一千多年依旧年轻的江畔，吹着江风，看江水悠悠。我看着远去的河流载着你的过往，你的记忆，流向更远的远方。我不知道远方到底有多远，但我知道，它流向了你向往的梦里水乡。

（五）

打开你的文字和你为我写下的一千多篇日志，不忍卒读。

仿佛，字里行间还散发着你轻轻的呢喃与幽幽的叹息，恍若，一伸手，还能握住鲜活的你。一张水墨濡湿的厚度，把彼此拉得那么近，却又推得那么远。近的，那些温香软语还弥漫着初时的温度；远的，越过了尘世，已是阴阳相隔。

我在纸上行走，那些浸了墨香的字，在泪水里起落。文字，是生命开出的花朵，文字里的情缘，纯粹而悠长，若初秋的天空，蓝得澄明、清透、高远。

生前，你告诉我，你走后，如果想你了，就去看你写的文字，因为，每一篇情感文字都缠绕着我的影子；生前，你交代我，你走后，要好好地帮你打理 QQ 与博客，因为，你去了天堂，还要为我写字；生前，你叮嘱我，你走后，要好好地爱惜自己，因为，你爱我胜过爱你自己的生命；生前的最后几天，你发来一串数字：1314520。

道不完的悲痛，诉不尽的离伤，转身，一世又一世的凄凉。

我站在红尘之下，秋水之上，秋心两半终成殇。一切的等待，都不再是等待，因为，你再也回不来了。

第八章

此生寂寞

（一）

喜欢窗，总觉得窗是梦的出口。梦中的场景，是一片斑斓的寂寞与静谧。

常常，静坐窗前，细数曾经，捡拾来时路上的点点滴滴，妥帖地收藏，让它们安静地沉睡。等风起的日子，轻轻地唤醒，陪我笑看落花……

落花的窗台，宛若初秋的原野，淌着流动的色彩，像一幅幅时光打磨的水墨画，定格在岁月的深处，宁静而淡薄。盈盈的秋水，盛满了惆怅的月光，跃落一地的清冷，像雨像雾像风。

如若，微凉的指尖，能开出思念的花朵，我宁愿此生漫长而寂寞……

寂寞，是一朵美丽的罂粟花，在风中摇曳，妖娆而冷艳，散发着沁人的幽香，轻轻一吸，便醉了心绪，绕指缠骨，一季的花开，一季的芬芳，一季的落寞，一季的丰盈，掩蔽在旧旧的时光里，幽幽地叹息。

叹，红颜一朝老，岁月把人抛。

（二）

今夜，谁是谁的寂寞，谁在寂寞里唱歌？

尘世里的遇见，若暗夜中滑过的流星，寂如烟花，让人欣喜而疼痛。

你说，遇见我是一个美丽的错误，而你宁愿一错再错。

也许，相遇的瞬间，便注定了此生的凄苦与寂寞。

寂寞是额头处的一缕风，侵了潺潺的水意，淡去眉间的轻愁，唇角的笑意，便染上薄薄的暖，在心海里回旋。那时，思念，若一朵带泪的花，在水意中滋长，蔓延成一片灿烂的静寂。

彼岸的花开，涉过烟水寒亭，花香便有了模糊的影，心，沦陷在似有若无的香里。微薄的幸福，便悠然而至。

我们在缄默中行走，把爱，遥遥地悬在云端。等待，期许，渴盼，某一天，爱缓缓地落幕。

然，我们逾越不了盈盈一水间的距离。想象中的美好，只是行至水穷处，坐看云起时的淡然，一如时光，一如季节，一如梦想。

为了爱，梦一生。

走走停停里，思念，逃离，不断地轮回。于千回百转里，隐入一片茫然与迷惘里，而我们，还心甘情愿地为之快乐，为之忧伤，为之疼痛，为之活着……

(三)

此时的夜，寂寞而宁静。

淡淡的月光拂去红尘的纷乱、繁华与沧桑，还世界一片深蓝。江畔的灯火，如若梦的尘缘，闪烁着七色的希望，牵引着心底柔软的情愫，为爱找到了理由去飞翔。

凉薄的秋风，把白日的温度带走，把林立的高楼隐入灰蒙蒙的暗夜。唯独留下我对你的想念，在失去温度的寂静里，渐渐地滋长起来。

城里的月光，是否会把梦照亮？两个城市的灯火，是否会在婵娟里邂逅在想要的远方？恍惚中，有凄婉的箫声远远地传来，那个追风的少年，衣角飘飘，还在二十四桥的明月夜里徘徊……

有人在唱，红酥手，黄藤酒……

那些陈旧的词，穿过深邃的时光，余音缭绕，纠缠在漠漠秋寒里，闪烁着微弱的光芒，滑落一地的残梦，淋漓了幽深的伤。

(四)

喜欢在凉月若水的夜，用心灵与时光对话，抵达尘世之外，放逐我冗长的念想。

那些记忆里的印痕，渐渐地淡成了故事，偶尔，我会用浅淡的文字，描摹隐约的温软，某些渐行渐远的情节，缓缓地在纸上行走，文字里的秋天，变得五彩绚烂，满地的红叶，早已被相思浸染，那三千桂子，暗香浮动，柔软缠绵……

　　斜依栏杆，凝视眷念的远方，想象着彼此是否会在某一天，重逢在紫陌红尘的路上。

　　记得，那夜，问你。

　　"如果有一天，我忽然消失了，你会怎么样?"

　　"等你归来!"

　　久久地静默，无语。

　　等待是一种寂寞，寂寞是一种颜色。

　　一直相信，落入红尘的彼此，相依的是千丝万缕的牵绊，此生，注定在等待中寂寞。

　　听，寂寞正唱着歌;

　　轻轻的狠狠的

　　歌声是这么残忍

　　让人忍不住泪流成河

　　……

第九章
握住一季的苍凉

遇见一位很久未曾遇见的朋友，朋友发来信息。

"好久不见，去哪儿了？"

"哪儿也没去。"

"哦，好久不见你的文字，也不见你在别人的文章后面跟帖，还以为你离开了呢。"

"没，我一直在，未曾离开，只是一个人在缄默里行走着。"

和朋友闲聊会儿，便各自散去。朋友离开时留言："希望还能见着你的文字，期待你的新作。"

朋友的话，触动了我近乎麻木与僵硬的神经。"文字"两个字在脑海里反复地回旋。记忆里，已经很久、很久未曾写字了。静坐屏前，点开自己的文集，最新写的一篇文字，是去年12月初写的"锁住笔，锁不住忧伤"。当时写这篇文字时的情景还记忆犹新。那时，正值初冬，天气开始薄凉，树叶开始凋零，野草开始枯萎。其实，南方的冬，并不太冷。只是，去年的我，心冷得厉害，某种蚀骨的寒，冰冻了我所有的思绪，微凉的指尖，再也开不出花朵。我以逃避的方式，远离着网络，远离着文字，远离着文字里的故事。我怕落笔，就会惊醒那些轻触即疼的心事，怕这些疼蔓延成忧郁的海，淹没我脆弱的翅膀，心再也无法靠岸。

记忆里，去年的整个冬天，我追寻着落叶的方向，朝着远方行走，安静地拾捡季节深处的荒芜与苍茫。常常，一个人去郊外，坐在蒿草蔓生的山坡，把大段、大段的时光浪费在风声里，让某些记忆在风声里远遁，让心在风声里流浪，把记忆坐成一截、一截的碎片，搁置在掌心的皱纹里，等风起的时候，随落英一起飘散。

仿若，去年冬天的风，还停留在发尖，转眼间，冬去秋来。日子，总是这般的迅疾，季节，在时光的深处，悄无声息地更迭。而我，从冬到秋，这一路走来，左手年华，右手倒影，握住的只是一季又一季的苍茫。原以为，锁住笔，便可以锁住忧伤，便可以让某些伤痛的记忆凝结成霜，让某些渐行渐远的背影，定格成时光深处的水墨，只要不去触动，便可温润如初。

只是，锁住笔，并没有锁住忧伤，好长一段日子，我还沉溺在某种伤痛与忧郁里，把某些记忆，搁浅在岁月的深处，独自回味，独自咀嚼，独自沉沦，独自成歌。总喜欢，以这种抱残守缺的方式，在烟雨里缄默地行走，徘徊在红尘相遇的最初渡口，期盼着下一个轮回的遇见。一帘烟雨，几多幽情，红尘里最深的相遇，在时光里缓缓地老去。曾经的葱郁与鲜活，开始沉寂，沉寂成一座荒芜的城。

常想。也许，于我而言，缄默是一生的行走。在缄默中行走，在行走中缄默，在缄默中缄默，在行走中行走，反反复复，来来回回，重重叠叠，是一季，或，是一生。其实，是一季也好，是一生也罢，这样的行走，注定是一生，又一世的孤独与苍凉。

而我，却爱上了这种孤独与苍凉。习惯于远离城市的喧嚣与纷乱，独立于城市的一隅，淡看名利起伏、静看花开花落。时常，静坐窗前，听风吟鸟鸣，让灵魂与时光对话，把些许心事，分付流水。

我明了：有些人，会一直住在灵魂里；有些事，会在时光里遗忘；有些守候，永远没有归期；有些记忆，会随流水远去。即便如此，我还是甘愿为之沉沦，为之行走，为之疼痛，在黑夜里，安静地放眼远方，让心和夜色一样茫茫无依。

我把笔，搁置在天空，让月色在笔尖上行走，淌落一地的清冷。而我的心里，一直还在涂鸦，道不尽的离伤，诉不尽的愁肠。只是，某场雨水，一直泛滥着，漫过一夜又一夜的黑，却漫不过记忆捆绑的墙。

我想，我是自己的囚徒。许多时候，不是走不出，而是不愿意走出来。习惯了某种沉溺，让心在山一程、水一程里流浪，让灵魂深处的那盏灯火，撑开夜的沉重，点亮流光里的温香软语，为心灵重新找到出口。或许，只有这样，微凉的指尖才能重新开出花朵，让纸上行走的故事，一次又一次活色生香。

只是，再活色生香，故事还是故事，而故事，终究是用来遗忘的。曾见过一句话："其实，世上有许多东西，在丢弃之前已经丢弃，遗忘之前早已忘记。"所以，我常常以某种决然的姿势，想把所有的悲欢交给昨日，让某些伤痛，独自去远行。我的记忆，在丢弃时失聪，再也听不见花开的声音，我在一片叶子下独守落寞。曾经葱郁的青藤，早已经枯萎，再也生不出梦来。只有秋天的风，还重复着古老的苍凉。

伫立风中，梦里的青苔，被泪水浸染，一些往事，随风漂泊，某些伤，在秋风里灼痛，摊开手掌，握住又一季的苍凉。

第十章

给一个不爱的理由

　　每每周末，便喜欢睡一个慵懒的觉，弥补平日里睡眠的不足，洗净身心的疲惫，宁静而幸福。

　　10 点左右，兰儿打来电话说，约了一帮老朋友，午饭后去南山游玩，问我去不去。我欣然同意。

　　说是游玩，其实，是朋友们放松的借口。对于他们来说，就是找一个野外的地方打麻将、斗地主。于我，并不喜欢玩牌，但缘于特别喜欢大自然，每次都会一同前往。

　　南山位于南岸区的近郊。一年四季，满目苍翠，林木幽深，鸟语花香，款款溪流，清新怡人。

　　一行 8 人，驱车 40 分钟左右，便到达了南山。如往常一样，朋友们溜达一圈，便开始战斗，一桌麻将，一桌地主。朋友们欢呼雀跃，乐此不疲。

而我，独自一人，徜徉在山间的小路上，漫无目的地走着。

此时的山野，没有阳光肆意地喧哗，各种虫鸣此起彼伏，几羽山雀婉转鸣叫。微风吹来，草木轻摇，山野里沸腾着生命的气息，四周弥漫着融融的香，一种柔和的情绪随风飘舞，心事轻轻地漫了出来……

总是莫名地喜欢亲近大自然，喜欢那些美丽的山水、阳光、花香和清新的空气。总觉得它们将变成我的一部分，成就一个更好的自我。

你常说我是一个如花的女子，懂得花的悲欢，体恤花的疼痛，是花的知己。花开时节，满天飞舞的落花仿佛缥缈的梦幻一样轻柔，常常拾起落红，静静地看着，心便莫名地疼惜。

就如，我们的爱情，曾经如花一样开着，有幻想、有渴望、有梦一般的感觉。面对绚丽的光亮和缤纷的色彩，微闭双眸，若梦一样美妙。有一天，忽然醒来，我们已分离两岸，眼前是一片浩渺无垠的水域，无法泅渡，只有轻吸彼岸花开的芬芳。

往昔。我们曾无数次手牵手漫步于南山海棠花开的芳园，诉说着温香软语，许下"天涯海角、相爱一生不变"的誓言。如今，爱飘远情留心间，唯剩青春书写的残笺，在风中飘散。

不经意间便到达了山顶。有人说山顶是一个胡思乱想的好地方。

伫立山顶，凉风习习。极目望去，满眼苍翠，村落点点。头发迎风飞舞，心事，飘了好远、好远……

曾经，你像珍惜生命一样珍惜我们的诺言。转瞬，誓言飘远。往日说过的话，走过的路，什么是爱，什么是苦，已，模糊。或，是几抹愁绪，许，是无法抹去的记忆。

我说："人生没有不散的筵席。人来，笑语欢声。席散，满地狼藉。残局，谁来收拾？"

你说："我们的爱情，在生命里是一场不散的筵席，爱一直在心里延续。无数个静寂的夜，往昔的缠绵在脑海里喧闹，过往的激情在心里燃烧，相思的苦，最是难熬。"

我说："爱，来了；缘，尽了。人生如白驹过隙，转眼已逝，了无痕迹。缘起缘落。散了就忘了吧。"

你说："请给我一个不爱的理由。"

我，无语、凝噎、迷惘。

仰天长叹。谁能说清爱或者不爱的理由？谁又会去问爱的理由？或许世间，只有爱没有理由。

你常常责怪自己当初不应该回去。我时时后悔当初没有把你留下来。也许，有些情感，喜欢不一定要拥有。只是，每每回首，痛苦的相思忘不了。而你，何苦还来拨动我的心弦？君愁我亦愁。

时近黄昏。

山头，飘着几抹淡淡的云彩。夕阳西下，数只归巢的小鸟当空飞舞，时起时落。一弯清幽的流水静静地环绕着孤寂的村落，流向远方。

久久远望，满目皆是疏薄的暮烟，斜阳的余晖正渐渐地隐没在迷茫的雾气中。心绪若风，多少旧事，空回首，烟雾纷纷。伤情处，泪眼望断，灯火已黄昏。

吃过晚饭，陪朋友们玩至凌晨。

回到家，夜已深，竟无睡意。斜倚阳台，江风微微，浸润着温软的凉。街市的灯影，轻摇，微碎，透着薄薄的暖。九曲百转的愁肠，仿若眼前的流水，波心荡，冷月无声。

流水潇潇，滔滔不绝。轻问，难道这流水也耐不住孤寂，为谁而奔？

夜风袭来，芳思交加。昔日的欢愉早已随流水到天涯。十年梦，屈指堪惊。兰苑未空，行人渐老，怆然暗惊，东风已暗换年华。

步回卧室，清幽的寂寞缓缓地淌过心海。墙头，画屏上的淡烟流水静静地轻泻，灵动、飘逸。

凝望。镜中的女子，温婉，黛蛾长敛，任由春风吹不展。

轻叹。迢迢清夜，旧爱新愁，独自凄凉人不问。旧痕未干，新泪溢出，谁能给我一个不爱的理由？

第十一章
夜太凉

（一）

夜，是静谧的海，海深处流动着五彩缤纷的情愫。幸福、快乐、疼痛，抑或，悲伤。

喜欢在夜里，静坐窗前，默默无语，听一些伤感的歌曲，用音乐来洗净心灵的疲惫与迷茫。

长久以来，我把大段、大段的时光浪费在听歌上，让孤独的灵魂随着旋律去飞翔；让如水的寂寞随着旋律去徜徉；让无处可安置的忧伤随着旋律去流浪。

记得，多年以前，常常一个人在夜里去喧嚣的酒吧，蜷缩在无人的角落，饮浓烈的红酒，抽劣质的香烟，把自己搁置在歌舞升平、醉生梦死的边缘。夜半，走在冷冷的街头，茫然仰望苍天，听风诉说每点温馨、每点欢欣、每个梦幻，泪流满面，始明白：喝的是酒，吐的是痛；点的是烟，抽的是寂寞。

时间水一样流逝，人在历练中慢慢地成长，生活在平淡中慢慢地回归宁静，而我，在无酒无烟的日子里，慢慢地找回了往日的自己，麻木的神经开始复苏，枯萎的身躯开始鲜活，一颗孤寂的心，在缄默中前行，忘记了回头。

也许，会这样走过花开、走过雨季、走过一生。

（二）

最近时日，迷上了那首"相思的债"，夜里，我一遍又一遍地聆听，一次又一次地沉沦，一声又一声地叹息。

优美的旋律，渗着咖啡的香息在幽室里萦绕，淡淡的感伤弥漫出来。一个陌生的声音演绎着我昨天的故事，今天的心伤。

情歌一首一首地唱，爱却一点、一点地荒凉。

茫茫人海，前世今生，谁是谁的谁？谁是谁的等待与守望？那些舞于黑夜里的相思，若老墙上湿湿的青苔，在时光的年轮里，大块、大块地脱落，洒下斑驳的影，几许沧桑，留下些许的烙印。

（三）

窗外的月光透过淡紫色的窗帘，细碎地洒在窗棂上。拂开窗帘，沁凉的风从我的脸上拂过，这样的风，曾在我的心底留下一片冰凉。

江对面的灯火，溢彩流光，像生命里的梦想，在暗夜里荡漾。忽然发现，一个人的寂寞与城市的浮华无关，寂寞的是心、是凉月满窗的惆怅。

伫立窗前，凝视遥远的远方。想，城市与城市之间，距离有多长？

距离是遥远。遥远的心，曾紧紧地贴在一起，温暖着彼此渐凉的心房，在一起的心，渴望着永远。

永远有多远？是一生一世，还是醒梦的刹那回眸？

我们，在各自的城市孤单，孤单每一天，以后，继续如此。

也许，冬季，我再也无法与你倾诉春日的繁华与温软。只是，那越冬而来的落叶，用残败的脉络，抒写着日渐消瘦的思念。

等到，雪舞的时节，拾一抹前世未眠的相思，在漫天雪花中渗出今生的忧郁。

月华若水，把两个城市的距离描摹成了影子。影子相互缠绕，在无尽的渴望里，亲吻着空气，在隔世离空里，释放出遥望的永恒。

（四）

几场雨水下来，天气渐渐地变得有些冷，一起冷的，还有，心。

冬，是这么地深了，淡月云来去，枯叶风送还，转眼流光逝。

这个冷冷的冬季，注定形单影只，化入泥土的落叶，是否暗藏着春的生机？待到雪融，应是山花烂漫吧。

而我，在月光如水的今夜，把梦泅在水里，走进时光的深处，品一阕易安的词，眉尖落满轻愁，无言独上西楼，静坐一隅，听，梧桐更兼细雨；拾，一抹新愁。

泪，悄然滑落，湿了案前的书页，淡淡的墨香从字里飘了出来，冷寂的夜，弥散着淡淡的暖，糅合了夜的静谧。

夜太凉，素弦声断，泪湿衣裳，一抹冷香碎裂了无数期许与渴望。

心，慢慢地沉静，一起走过的点点滴滴纷至沓来，宛若一场花瓣雨，下得那么深，那么久，触疼了离人泪。你憔悴的眸子，牵扯心里的隐痛，如泛滥的河水，纠缠着岸边的水草，梦里的水乡，淌落一地的破碎与绝望，我惊慌失措，找不到梦开始的地方，凌乱的脚步，迷失了前行的方向。

夜，若一首轻缓、舒坦、凄婉的诗。微闭双眸，坠入诗的深海，一梦久远，用心抵达一场虚拟的相逢，让梦独自去飞翔，越过片片阡陌桑田，回归到野菊遍地的山岚。

而我，做一个静观花开的女子。黎明，用鸟鸣，吹开花事的秘密，用清脆的笛声，唤醒久远的梦。

第十二章
月夜怀想

时间，水一样流逝。转眼，又是中秋，早早地，朋友们打来电话，相邀夜里去附近山顶的农家乐饮酒赏月。

驱车抵达，已是黄昏。站在山顶，远远地眺望，落日里的一处处光影，旋转地盛开，温软如棉，若一幅流动的水墨画，静美如诗。

主人家早已在院落里摆放好了桌椅，我们一到，便盛上备好的美味佳肴。朋友们蜂拥而坐，欢呼雀跃，饮酒作乐。欢声笑语一阵又一阵地在山风里穿越，回荡。

说是赏月，其实，是朋友们为欢聚而找的借口。许多时候，月亮还没有出来，有些朋友就已经沉醉不知归路，醉卧在椅子里。等月亮升起来的时候，再叫醒他们，他们个个醉眼迷离，定能达到"我歌月徘徊，我舞影零乱"的佳境。其他朋友，吆喝四起，手拉手围成一圈，让他们在圈子里独舞。那些热闹、惬意的场景，时时温暖着彼此的心扉。

于我，赏月是一种情绪。喜欢在凉月如水的夜晚，轻推疏窗，捡拾满地的惆怅，任由淡淡的忧伤与浅浅的想念在月光里流淌。而我，总能在漫长而静寂的月夜里，觅得一份属于自己的清欢。这份清欢，或，是些许往事，许，是几缕闲愁。而我总是安静地收藏，偶尔打开，有淡淡的幽芳溢出来，温暖着微凉的夜。这份清欢，总能让我获得内心的平静与释然，别人是无法体会与分享的。

有人说，忧伤的人都是从月光里走出来的。其实，忧伤也好，幸福也罢，都是自己独有的生活状态，是一种真实的生活情绪，每一个清晨，每一个夜晚，这些，都是路过我心里的句子。我总觉得，月夜里的一切事物，都是有灵性的。我们可以安静地聆听，也可以用心去与它们交谈。

在月光里，走进时光的深处，用心去体味"今人不见古时月，今月曾经照古人"的沧桑，缘于这份决然的沧桑，我总能看见一个个鲜活的面容从纸上缓缓地走来，他们衣角飘飘，在月光里，或沉思，或漫步，或独酌，或浅唱低吟。每当想起他们，总觉得他们就住在自己的隔壁，只不过隔了一张水墨画濡湿的厚度，仿佛能清晰地听见他们的吟唱与叹息。古人已矣，明月尚在，这些怀想，徒增些许愁伤罢了。

朋友们一杯又一杯饮得正欢。而我，早已酒足饭饱，离席，静坐一隅。朋友们知道我的秉性，也不在意。用他们的话说：每次聚会，只要开始与结束时我在就行了，至于中途的时光，任我去发呆好了。

很感激朋友们对我的理解与宽容。其实，生活是个多面体，每个人都有自己的生活方式。有些人，喜欢群居生活，而我，大多时候喜欢独处，喜欢行走在自己的世界里。

月色朦胧，坐在院落的青藤下，聆听着虫子在草丛里低吟，一种熟悉的味道涨满了夜空，一些时光沿着掌心的纹路蔓延开来。

记得，那是进入大学校园的第一个秋天，入学不久，便迎来了中秋。班里举办了一场别开生面的中秋晚会，晚会结束时，已经十点多钟，班长玲子提议大家去学校的后山爬山，吟诗赏月，有二十来个同学响应。我们悄悄来到山脚，男女混合排着，手拉手缓缓向山上攀爬，没有惧怕，只有美好的向往、微妙的悸动。爬到山顶，月色皎洁，清透如水，我们坐在草蔓里，沐浴着月光，山风穿过树梢，吹动纯净的眸子。

年年中秋年年思。每年的中秋，我都情不自禁地想起那个夜晚，想起同学们青春飞扬的脸庞。如今，同学们分散在全国各地，相见无期，彼此也不再是初时的模样，但我相信，他们和我一样，正抬头望月，低头怀想，怀想那段青涩的岁月，怀想那些美好的时光。那些记忆、那些经历，是生命里一场不散的筵席，每每摊开，若一张发黄的老照片，斑驳、陈旧，却温软如初，历久弥新。

每年赏月，都收获了不一样的感慨与感动。抬头望月，总滋生出"此生此夜不长好，明月明年何处看"的感伤来，所以，我把每一次相逢与笑脸都铭刻着、温暖着、收藏着。

夜已深，月明若水，看着朋友们乐得忘形的样子，暖意融融，空气里的酒香在夜风里飘得好远好远。我知道，明年的中秋，这些香还会流溢在月色里，让人在怀想里感到温暖。

第十三章
独自私语夜半时

　　一场感冒不期而至，打完点滴，心飞奔你而去，短暂的相聚，便匆匆地告别。你叮嘱我："路上小心，吃了饭，好好休息。"静坐无语，空气里仿佛有几丝离别的叹息在游移，像苦丁茶残留在唇齿间的苦，逮不着，却感觉得到。瞬间，揉碎了心绪，倦怠不已。

　　斜靠在客厅的沙发上，微闭双眸，你模糊的影子从心底掠过，仿若燕尾惹了湖面，泛起浅浅的细纹，将思念轻轻地荡开，眼底渗出潮湿的东西。

　　阳台外，密密绵绵的雨，千万点地落，雨脚乱乱的，像一袭隐秘的晚潮，漫过零落的思绪，若些许微尘，轻轻地飘然，吻着雨，了无痕迹。

　　几场秋雨下来，天，微微地冷。伫立阳台，眺望。远处的山峦，缭绕着浓密的水雾，若隐若现；江畔，残败不齐的衰柳，随风参差飞舞。触目处，皆是清寂。一阵风来，几许轻寒，凝结成淡淡的霜，遍体生凉。暗叹：天凉好个秋！

夜渐渐地黑，清风吹寒，满是凄凉意。缕缕愁绪，漫过空城，心，沦陷于我们记忆的点滴。

第一次遇见你，是在一个孤寂的夜里，轻拾夜的静谧，感染你的气息，浅淡的絮语，诉说着尘世里缘分的奇迹。情感的闸门，顷刻打开，一泻千里。多日以后，忆起，像是在我的梦里，蒙蒙细雨，月落乌啼，那是我一生最美好的回忆，幽幽笛声，应着窃窃琵琶语。

在你面前，我坦白自己的哀愁，没有丝毫羞涩，也没有丝毫掩饰，一切尽在言语里，裸露无遗。或，是我凄凉的文字，许，是我柔弱的病体，让你无端生出几许怜悯，莫名地把我牵念，声声呵护，句句疼惜，我贪婪地醉在你温柔的梦里。

喜欢上你，渐渐地发现，那么喜欢你的一切，仿佛你来自我的内心深处，一切都与自己那么和谐，和你在一起的时候，感觉到生命的完整，心里盈满了惬意。

相聚的日子，总是说着感伤的话语，柔软而甜蜜。每每见你泪流满面，我心痛得无法呼吸。渴盼，自己是一只自由的小鸟，飞越千山万水，歇息在你的怀里，轻轻地拾起你的泪滴。

你说，你爱我爱得很卑微，没有了自己。或许，凡人的爱，如芳草，凄凄落尽还生。我们默契的情义，是鱼和水的际遇：我是清澈的湖水，你是水里那条游来游去的鱼，你的生命和我紧连在一起，此爱绵绵无绝期。

夜渐深，躺在床上，透过淡紫色的落地窗帘，看玻璃外朦胧的夜色，听雨淅淅沥沥，满脑子全是你，有清浅的泪，悄悄地滑落，相思无语，独自叹息。

你说，常常在夜半的疼痛里醒来。不知此时，你，是否如我一样，因思念无法入眠，散落满室相思，无法拾起？抑或，两处沉吟各自知？

你说，希望我们能相互搀扶着一起走完人生。脑里，闪现出叶芝的诗：多少人爱你青春欢畅的时辰，爱慕你的美丽，假意或真心，只有一个人爱你那朝圣者的灵魂，爱你衰老了的脸上痛苦的皱纹……你，会是那个人么？

无数个夜，做着相同的梦：你走过我身边，没有看见我；我远远地回头，你消失在灯火阑珊处。我们是一路，到底，没赶上。

梦里，总是睡得很浅。恍惚中，呈现出水月风荷的一个清雅世界，有淡淡的冷香，漫过窗台的茉莉，小小的，湿湿的，白白的，幽静地芬芳。并且，永远只是一朵茉莉，开过了，也就开过了，结不了果。

长夜漫漫，秋风阵阵，夜凉独自甚情绪？西窗又吹暗雨，为谁频断续？

夜半，独自呢喃，更能消几番风雨？泪水，嫣然摇动，冷香飞上字句。凄凄更闻私语，写入琴丝，一声声更苦。

第十四章

寂寥的秋

　　一年四季，最喜欢秋天，一直觉得，秋天是寂寥的。这个秋天，寂寥的我在寂寥的秋里独自行走，寻得一些安静与寂寥的时光，也许，于我而言，这些安静与寂寥的时光就是整个秋天我最孤独的幸福。

　　幸福，若秋日里的一只小鸟，曾经停留在我的窗口歌唱，而后，又悄然地飞走了。我想象着幸福的影子，挣脱了小鸟的翅膀，漫过阳光，跌落在秋水之上。我独坐岸边，看着幸福随着秋水缓慢地飘远，伸出手，总想抓住些许幸福的尾巴，摊开手掌，握住的却是虚无，独剩一些蜷缩的时光，散落在光阴的岸边。

　　我在岸边，安静地行走，拾捡一些与幸福有关的片断。每个情节，都与你有关，落满了你远逝的身影。于是，我想，这一生要忘记你，恐怕是不能了。既然，做不到忘记，那么，就沉沦吧，也许，于自己，这是另一种幸福的味道。这样想着，倒也释然几许，只是，这一路，却终究没有赶上，你已不在，说得再多已无意义。而我，还是习惯用文字去倾诉那些温婉与落寞的情绪，因为，文字是另一个真实的自己。自己与自己对话，拥有着比秋天更为深刻的孤独与寂寥。

在秋天里行走，一直，没有去认真思索过，是秋寂寥了我？还是我寂寥了秋？抑或，是你寂寥了秋天和我？偶尔，看飞鸟从眼前掠过，会追寻着鸟儿的影子，想想这些剪不断理还乱的问题。总是，想不出答案。

也许，尘世里，有些问题是没有答案的。就若我，曾在秋天里，安静地凝视，凝视落叶纷飞坠落的过程，凝视时，也曾不止一次地问：叶离开树，是不得已，或是树的不挽留。以前，总也找不到答案，现在，好像忽然有些明白，有些离开，是命中注定，是身不由己，也是生命的归宿。就若你，在初秋安静地离开。

记得，你曾说过，我是树，你是树上的叶，即使某一天你脱离了枝头，也会安静地潜伏着，陪我面对人生的风雨。说这话时，是去年的深秋。那时，你在遥远的远方，借着秋风在落叶上呓语，而我，在遥远的另一端，站在秋之眉，水之岸，且听风吟。我的眉尖心上沾满落叶般的叹息。那些叹息，是你发着低烧的相思，温热如火，却在秋雨里淋湿，淋落成一片月亮湖，潮湿了我的眸子，我闪烁的泪，曾越过天空，抵达那一抹湛蓝。你说，那一抹湛蓝，是你澄澈的爱，不掺一丝杂质，你还说，终有一天，当你不在，我会明白，你对我的爱，纯粹得如月。

一直，不曾去想过爱的颜色，一直没有去丈量过爱的距离。偶尔，站在城市的边缘，我会以为，爱是城池里斑斓的灯火，爱是苍穹灿然的星空，爱是你赐予我永远明亮的灯塔。我想，只要我愿意振动翅膀，只要我一声呼唤，你的爱就会一直在我身边飞翔，因为，你说过一生一世。

　　只是，世事无常，人生无常。今年的秋，你已涉水而过，跨过奈何桥，喝下孟婆汤，忘却了红尘恋，去了三寸天堂。不知道是否真有传说中的天堂？而我，却习惯了仰望，仰望你在的天堂，因为，那天堂是我曾爱过的地方。

　　于是，整个秋天，我习惯了独自行走，习惯了在行走中仰望。总喜欢，关上心门，寂寞地坐在城市的一隅，轻轻地仰望天空，目光穿越时空隧道，垂钓几抹月色，安静地与你对话。就这样，日子，在雨意中流逝，记忆，在水意中醒来，那些，一起走过的日子，起起落落，轻轻缓缓，来来回回地在光阴里浅唱低吟。

　　望着天空，我的脑海常常陷入某种空白，因为，云深处还是云。就若，那些爱，一直挂在云端，不曾垂落，只在风起的日子，飘散一地的落花，那些落花，遇水更娇，更淡，若再淡一点，就淡成了云一样的颜色，任我独自描摹。

　　而我，是喜欢这种淡到极致的颜色，因为，遇着云一样的颜色，便遇见了孤独，遇见了孤独便遇见了自己的影子。这份遇见，就若你我多年前的相遇。

　　可是，在这个秋天，我依然失去了你，失去你的同时，我也丢失了自己。所以，在这个秋天，我一直在找回自己。

要找回自己，其实，很难。总觉得，自己若一个影子，这些影子，舞在秋风里，飘在秋叶里，淌在秋水里，浸在月色里，凌乱成丝，细碎如萍，就若，那些在午夜疯长的疼痛与相思。

已记不清，多少个午夜梦回里泪水涟涟，思念散落一地。之所以思念，不是因为曾经拥有过，而是缘于永恒的失去。而人，总是在失去后才会懂得去珍惜。只是，当懂得珍惜时，人已去，缘已散，几翻离愁转成空。

这些空，泛滥成永恒的孤独。左手年华，右手倒影，爱，一梦久远。到如今，天之涯，地之角，知交半零落，唯有寂寥的秋，轻缓地向季节的深里延续着……

第十五章
花落无声

　　一场细雨淋湿了淡淡的忧伤，对你的思念若野草一样在水意中疯长。醉东风，减容芳，寂寞的心事无处可藏。

　　天蓝水幽，乍暖还寒的早春二月，枯木逢春，江畔的老柳抽出浅淡的新芽。一夜春雨，嫩嫩的叶芽儿赶集似的，密密匝匝地缀满了枝头，如含苞欲放的花骨朵，随时随地都会盛开，溢出花来。

　　静坐闲愁：杜鹃声里又是春归。春来人不来。

　　烟花三月，堤畔的柳絮满城飞扬，浅黄色的迎春花宛若清雅素洁的女子静静地芬芳，莺歌燕舞、蜂鸣蝶飞、鸟语花香，一派春机盎然的景象。漫无边际地徜徉在自己的春天里：看淡风尘，在繁华中落寞，静听花开的声音。

　　春深似海，春情如潮，相思的藤蔓如满山遍野的绿，浓得化不开来。

暖暖的春日午后，江风微微，柳絮翻飞，堤岸的水草丰腴柔长，人潮涌动，踏青拾梦，胜日寻芳。大人们三个一群、五个一堆，泡上一壶浓香的春茶，或对弈，或玩牌，或轻语闲聊；孩子们追蜂捕蝶、放风筝、打水漂。

　　独倚栏杆，放眼望去，远山近水，清澈明透。天空中五彩斑斓的风筝若蝴蝶翩翩起舞，仿佛放飞的不是风筝，而是一个又一个七色的梦想。心绪莫名地柔软起来，恍惚中自己也成了一只风筝，与清风、蓝天为伴，远离了城市的喧哗、纷争、烦闷，不再感伤、不再彷徨、不再有苦涩的念想。

　　然，我终是一只被你拽在手里的风筝，长长的线织成了思念的网。无数个黑夜里，伫立窗台，凝视你的方向，把如水的心事散落在夜空里，有梦也难寻觅。

　　只是，一朝春尽，花落人亡，断线的风筝折了翅膀。你，或，我，是否会沦陷在"去年花里逢君别，今日花开又一年"的感伤里？

　　想着，眼睛禁不住一阵潮湿……

　　总喜欢这样静静地在记忆之城里游移，寻觅过往的一些人、一些事、一些点滴，痛惜曾经错失的美好际遇。怀旧使人伤感，情淡淡，闲愁万缕，剪不断，理还乱。

　　其实，茫茫红尘，何物不寒灰？何草不黄？何人不将？或许，自己并非心为谁系，而是，怀念生命中那些开过的花儿、那些流年、那一段被遗忘的时光。

　　拾级而上。春草绵绵，泥香融融，空气里弥漫着樱花的淡淡气息，有些许零落的花瓣躺在草丛里。对于樱花，喜欢到骨子里，欣赏她的从容、淡定，浓而不艳，娇却不柔，淡淡的色彩，把春意渲染到恰到好处。

前些日子，才和朋友们来滨江公园赏了樱花。那时，樱花一团团、一簇簇、一树树开得热闹极了，像一场沸腾的花海，让人沉醉不知归路。

今日再来，全然不是当日景象，花期将尽，绿叶掩映着即将凋零的花儿。轻拾几朵落红，不经意间想起《红楼梦》里的一句诗来："淡极始知花更艳，愁多焉得玉无痕。"呆呆地看着满径的落花，心莫名地疼痛，忆起花开时的繁华与喧闹，不禁悲从心来，微微叹息：天尽头，何处有香丘？就如最近时日，常常想起彼此的病体，忧心伤感，今日见着花儿，泪意涟涟。

许是日本富士山的樱花特别有名，每每见着樱花，总让人想起日本女子的妩媚、温柔、娴静来，也让人想起梅艳芳的那首"女人花"。或许，世间的每个女子前世都是一朵花，有的破茧成蝶，有的跌落尘埃。但凡大多如花女子的命运都逃脱不了"今日春来，明朝花谢，坐愁红颜老"的凄凉，最终飘散在风尘里，了无声息。

时近黄昏，夕阳洒下柔润的余晖。此时的滨江公园，淡水遥山、萋萋芳草、隐隐残霞、柳絮含烟，若一幅宁静的水墨画，让人久久不愿离去。

一个人漫步在江畔，想着暮烟晓月的心事，想着你，任由思念缓缓地流淌。

风来，空气中浸润着幽雅的淡香，有细琐的花瓣滑过发梢，轻轻拾起，静静地看着，落红宛若美人泪洒的胭脂，湿湿的、润润的。

　　伫立江畔，怅然若失，春将尽，花落无声，春来春去了无痕……

第十六章
渐行渐远

好久未曾写字，不是不想，是没有时间，为了生活，每天忙碌、奔波、疲惫不堪。你却说，忙碌使人充实，不像你每天闲得空虚、颓废、了无生趣。就这样，我们在两种完全不同的生活状态下各自行走着，渐行渐远。

也许，在人的心灵深处，总有着某种"围城"的思绪，总觉得别人的日子比自己过得滋润、惬意，别人的生活方式更适合自己。如果，一个人真的可以选择自己的生活方式，在"忙碌"与"闲适"之间选择，我宁愿选择后者。

一直以来，喜欢轻闲、淡薄、平缓的日子。记得前年的夏天，工作比较轻松，每天晚上我都抽空看《瓦尔登湖》这本书。书中时有这样的场景呈现：阳光暖暖的午后，作者慵懒地躺在小木屋的摇椅上晒着太阳，天空淡蓝澄明、云絮洁白柔软；屋后的林子虫吟鸟鸣，屋前的湖水清澈明透，脚跟前偶尔还有麻雀蹦来蹦去。

　　有好长一段日子，我都沉浸在书中所描绘的场景里，梦想着某一天能与你在这样的画面里相逢，远离尘世的纷扰、烦乱，一起看云卷云舒，听风生水起。其实，想象中的美好与期许，只不过是灵魂深处的一个念想罢了。而自己，每天依然在高楼大厦的街道里穿梭着，在拥挤的人群中来往着。时光在步履里流逝，容颜在时光里苍老，心灰在容颜上堆积，厚了一层又一层。

　　记不清，有多久没有抬头看天上的云朵，有多久没有仰望过星空，有多久没有安静地听一首歌，有多久没有聆听彼此的心语，有多久没有倾诉过心事，有多久……

　　整个冬天，我把一些事，一些人，一些念想尘封，不想轻易地去触动灵魂深处那些柔软的记忆。一个人在缄默中行走，寒风细数着我的憔悴，随风起舞的枯叶瘦了季节、瘦了视线，也瘦了思念。曾经那些湿润的暖慢慢冷硬，不再有往日的温度。

　　冬一点、一点地深；日子一点、一点地薄；思念一点、一点地瘦。

　　雪舞的时节，你告诉我："林儿，我们这儿已经下第三场雪了。"其实，北方大雪纷飞时，南方的冬天还不算太冷，街道两旁的树上还流淌着苍老的绿。偶尔，我会透过零散的树叶仰望青灰的天空，低沉的云把城市包裹得透不过气来，让人想要逃离。我站在城市的边缘遥想北方的冰雪世界，遐想着一场雪不期而至，埋葬所有的孤寂与忧伤。

我们在不同的城市坐望着同一个冬天，我把自己沉溺在更寒露冷的长夜，抱着被子取暖。窗外，没有雪，也没有星月，只有夜风在窗棂前徘徊着，若一些久远的记忆飘来散去。我无端地想起一些你说过的碎语。你说，每年的冬天你都会在雪花纷飞的时节仰望雪花飞舞的样子，那种旋转的舞姿让你陶醉，让你沉浸在雪花凄凉的美里。其实，我明白，你之所以沉浸，是因为你内心的伤悲。只是，有些思绪是你不知的，其实，北国的每一场雪，在梦里都来过，有你、有我，还有雪舞……

　　残冬时节，我用远离冬天渐行渐远的脚步丈量着春天的距离，却丈量不出思念有多长多远。我站在楼宇，遥望远方。其实，远方只是一份牵挂，一份念想，一份永藏于心的城池，所有的美好与希望都会在时光中渐行渐远，变成一份久远的记忆，唯有灵魂深处的温暖回归到初时的味道，纯粹而悠长，在生命里流淌。

第十七章
指尖微凉

　　许久未曾写字，不是不想，是少了一份心情。总觉得，微凉的指尖再也开不出文字的花朵。只是，与文字有关的点滴，时常在记忆里鲜活，若一部黑白电影，每一个场景，都如一幅水墨画，在岁月里安静地沉淀，日子越久，越让人怀想与回味。

　　一直以来，自己是一个特别怀旧的人。总喜欢，在某个清晨，或，黄昏，躺在阳台的摇椅上，拾捡某些记忆。那些记忆，若秋天里的青藤，某些根须早在骨骼里扎根，记忆的碎片，若青藤上的枝蔓，在风里飘散，不轻易间，摇落满地残痕。这些残痕，若一壶老酒，散发着陈旧的墨香，让人欲罢不能。有时觉得，人是一个奇怪的动物，总想靠某些记忆来存活，不为活得精彩，只为内心深处的某些忧郁与孤独。这些忧郁与孤独，总在深夜，漫过茫茫的夜空，让心灵飞翔，抵达灵魂的天堂，让文字染上凉薄的暖。

与文字有关的记忆，若浩瀚的夜空，零落闪烁的星星，是渐行渐远的记忆，这些记忆，在飘浮与虚幻里交替，离得那么近，又那么远，总以为，摊开手，就能握住一份久远的真实与温暖，只是，握住的是一地的叹息。这些叹息，在时光的青苔中隐然，独自成歌，遗漏成风，滑过指尖的缝隙，一点、一点地沉积，沉积成光阴的故事。而我，只是一个孤独的旅人，行囊里装满了记忆的碎片，长长的旅途，唯有"一壶浊酒尽余欢，今宵别梦寒"的歌声相伴。这些歌声，在风起的清晨，在落日的黄昏，在沉寂的午夜，一次又一次唱响，漫过时光，漫过季节，漫过眉间心上。

　　曾经，很喜欢用文字去记录流光里的那些简单。那时，一个人安静地行走，安静地写字，安静地发文，再安静地离开。那些时光，流淌着简单而纯净的幸福。文字，若生活里的插曲，娴静而温婉。日子因了文字而变得丰盈与丰满，身心因了文字的洗涤而澄明高远。那时的天空，浅淡的蔚蓝，时常有飞鸟轻盈地掠过，在心海里捎来风声与流云。我在落英纷飞的此岸，静看风起云涌，那时，我的世界，是如此的静好，澄澈如月。

　　文字里的遇见，是灵魂开出的花朵。某些故事，在字里行走，微薄的幸福，因了一场烟花的绽放而变得斑斓。那些写字的时光，玲珑而隽永，每天都被思念与幸福填满。手心，滑过指尖的温柔，缝补着凉夜的残梦与悲凉。我的世界，在忧伤里快乐，在快乐里忧伤。我眸子的深潭，载不动一根水草的游弋，某只飞鸟，时常在空中盘旋，影子搅动深潭，一圈又一圈荡起水波，迷失了彼此的双眼。那时，我时常，坐在岸边，等风起的日子，看流云安静地飘散，想象着云深处的遇见。

明知，这样的遇见，终会若云一样散去。而我们，还是把打开的结局封笺。我们都以为，日子不会那么绝望，生活不会那么残忍，不会让彼此承受生离死别的悲凉。我们搀扶着前行，我们相信，生活一定会打开一扇窗，放飞这份纯洁的思绪，让灵魂深处的交融与思念一梦久远。

其实，所有的结局在遇见之初都已写好。只是，许多时候，自己不愿意去面对而已。当一切真正来临，这份悲凉已经无法用文字去承载。于是，我选择了逃离，逃离文字，逃离文字里的故事，更多是逃离自己的心。有时，越想逃离，却越会沦陷，越是沦陷，越是沉溺。在反反复复的沦陷与沉溺里，我的指尖，开始变凉，似乎，再也不愿意去触动文字。这份凉，从指尖滑过心，漫过全身。我的文字世界，不再开花，不再活色生香，不再有飞鸟与流云，像一湾死潭，荒芜而悲凉。

不写字的日子，我在喧嚣的城市里行走，把自己搁置在忙碌里，让自己如机器一样工作。每天，行走在城市的边缘，看人来人往，看车水马龙，世界那么的纷扰与繁杂，而我的世界却越来越空。城市的繁华，倒映着我的孤独。时常，我在喧嚣中拖着孤独的身影，把大把、大把的时光浪费在行走里。很多时候，我在江畔的夜色里徘徊，让满笺心事付流水，再也不想，用文字去释放情绪，再也不想用文字取暖，再也不敢去触摸内心深处的那份柔软。只是，越是这样，我越是想念写字的时光，越是无法忘怀与文字有关的记忆。

好长一段日子，我的心，被某场雨水淹没，找不到梦的出口。我在雨水里沉溺，不愿意醒来。而总有那么些朋友，一直站在岸边，用尽一生的力气拉我上岸。朋友说：还想见到我的新作，还想品读我的文字，还想……我告诉朋友：我的指尖微凉，再也开不出文字的花朵。朋友说，只要心暖了，再凉的指尖也会开花。

我小心地收藏着朋友的鼓励与温暖，冷冻的心，在秋风里慢慢地醒来。曾写过一篇文字："文字，另一个自己"，我忽然明白：如果另一个自己死了，真实的自己也许不能存活。我在凌乱与浮华里沉淀，慢慢地懂得：也许，文字于我而言，更是生命的坚守，这份坚守，是一季，也是一生。

此时，夜很安静。我用微凉的指尖敲打着一些零落的絮语，安静地盘点写字的时光，捡拾这一路走来的点点滴滴，妥帖地收藏。我想，等风起的日子，如若，我还能坐在秋风里笑看落花，于我，便是今秋最微薄的幸福。

第十八章

白月光，那么忧伤

暮色四合，街市的灯次第亮了起来，喧闹的城市慢慢地沉静。一弯淡月，斜挂半空，笼罩着尘世的夜。

夜，是静谧的海。面朝这片海，春暖花开。

喜欢在夜里想一些事、一些人、一些点滴。抑或，行走在某段流年里，来回地走，寻觅旧时的忆痕。或喜，或悲，或浅笑，或流泪，痛并快乐。

许是昨夜的那场雨，江风袭来，微微的凉，柔软地拂过长发，落入寂寞的耳里。

月色如水，流淌着湿湿的清晖，恍惚中，有隐隐的叹息，穿过陈旧的时光，在月色里泅开，二十四桥的箫声，吹动几抹闲愁，梅影如风，暗香浮动，仿佛看见易安，轻挽发鬓，独倚西楼，望断天涯，只是无情绪。

眼前的江水，波心荡，淡月无声。悠长、悠长的叹息，随了那句"江畔何人初见月？江月何年初照人"飘了好远、好远。

那些蚀骨的思念，慢慢地零落成些许斑驳的心痕，散入夜里，沾染月色，漫过来，漫过去，那样愁人。

时光那端，秀发如瀑布飘飞的女孩，静坐在黄昏里遐思，细数着一帘幽梦，仿佛一瞬，那些美好的花开，便散落在光阴里，细琐成记忆的碎片，少了些许鲜活与灵动，轻拂旧尘，迷离了双眸，清泪湿痛了一地花影。

常在夜里，仰望苍穹，看流星划过孤寂的天际，静静地盘点自己的人生，盘来盘去，很空，美好的、悲伤的、铭心的，或者刻骨的往事渐行渐远渐无痕迹。那些曾经总有着素雅纯粹的气息，随着一抹清冷的淡蓝，把一些聚散离合的人或事，逐渐地隐去。到最后，剩下孤寂的自己，来回地在记忆里游移，看时光慢慢老去。

记得，某个月夜，邂逅彼此。

你在千里之外，轻拾几缕淡淡的月光，漫过尘世的夜，糅合着浅淡的暖，温软如棉，细腻如风，若水，一点、一点地浸润着我干涸的心田，某些沉睡的种子悄悄地发芽，开出些许如雪花般轻盈的小花瓣，落我满身飞絮。

于是，故事开始丰盈，思念开始蔓延，词句开始茂盛，折叠的心事缓缓地淌了出来，在微凉的指间上滑动，开出一朵又一朵思念的花来。梦里，拈花微笑，散落的花瓣随风轻扬，宁静而淡然的心绪，那么落寞，那么感伤，那么惆怅，那么欣喜，又那么身不由己。

你用文字涂鸦玲珑的心事，把长长的思念缩短成一句话、一个牵挂、一些期许。我端坐在落叶纷飞的深秋，揣摩着你的快乐、你的忧伤、你的奢望，学会在孤寂的夜里用文字取暖，沉醉在相濡以沫的灵犀里，想象着走近时的暖意。

你是那湛蓝的湖水，我是水里游来游去的鱼，浩如烟海的水域，漾起一圈又一圈思念的涟漪。我用眼泪酿成了湖水，仿佛真的和你相拥在一起。轻缓的曲子，在夜风里吟唱，长长短短的思念，在一些旧词里落座，你在，或，不在，日子都充满了寂寞的美好。

也许，尘世里的聚散离合完全由不得自己。某些相遇、相识、相知冥冥中自有注定，再华美的舞会，终有曲终人散的时候。转身，便是天涯的距离，回眸，像一场梦里的相识。

有些爱，如一榭春花、一陌杨柳、一窗月光，天明了，就要干涸、萎谢、褪色，短暂到不能用手写完等待。而我们，还甘愿为之沉沦，为之疼痛，为之坚持。

某些记忆的点滴会一直深藏于内心，某个寂寞的夜里，会突然想起，清晰如昨，像一首熟悉的歌曲，在某个清晨，或，黄昏，忽然在远眺的巷口响起。或许，于我们，等待与怀想也是一种幸福。

夜已深，却不想睡去。掀开淡紫色的帘，残月染着淡淡的余晖向西边慢慢沉去，心绪莫名的惆怅，眺望的眸子，追逐着夜风的方向。

"可怜今夕月，向何处，去悠悠？是别有人间、那边才见，光影东头？"陈旧的词，在风中行走，某些闲愁在静夜里弥散，滋长、山长、长的青蔓，揉碎了夜的静谧。

思念若水，淹没记忆的堤。

静坐窗前，打开那些寂寞的心语。想起多日前，你端坐在夜里，你说：很想在宁静的深山，我们日出而作，日落而歌，晚上一起数星星，听夜风的呓语，该有多好。

抬头仰望苍穹，想起那句话：换我心为你心，始知相忆深。

夜是孤独，孤独是夜，离别的思念如雨，独自聆听一起听过的歌曲，入了情绪，淡淡的闲愁随了那首感伤的"白月光"一起飘浮，心里的某个地方，你安静如初。

远眺天涯漂泊的尘影，二十四桥的箫声隔着月光苍凉。

第四卷

在缄默里
行走

第一章

一笺素心待春来

深冬的一场寒，携着风斜雨细的心事向季节的深处蔓延。陌上轻寒，杏雨烟笼，一把油纸伞撑开梦中的江南，像某场尘世里的遇见，在水意中溅开，打湿忧郁的眸子。一帘幽情，在疏窗淡月里辗转。站在季节的转角处，仰望春天，听足音轻缓地踏过尘封的心河。

整个冬天，安静而凉薄。尘世的繁芜与某些隐痛，在一江瘦水里沉寂。故事的某些情节，在城市青灰的天空里落幕，而结局，随一只飞鸟远去。跌落的鸟鸣，钓起多情人的惆怅，把月明风清的叹息，安放在季节的深处。

季节，像一幕幕情景剧，没有真正的开始，亦无最终的结局，兀自在流光里静转，多年前的某些片断，还一直在风中行走，于某个瞬间悠然呈现，像一阵细雨，洒落在寂静的午后，把某些场景叠加重复，深了额头里的年轮。

徘徊在城市的边缘，听红尘喧嚣如潮，心却落在远方的远方。一场心路的行走，搁浅在青衣水巷，陈旧的老屋，昏黄的灯盏，窗前的枯藤，落满旧时月色。怀念，是心的路径，那些穿越时空的记忆，在一场雨里渐行渐远。

站在秋水之上，说着冬天的雪落，错把一场深秋的凋零交付雪花，秋心锁愁，疼了冬天的眉眼，在一抹浅笑里，一个人，把一杯咖啡喝到冷寂。唇角残留的余温，流淌着深夜的落寞，不说凄凉，却把心事躲藏，让那些平仄的清音，在夜色里独自上路，马蹄声里，捡拾某些遗落的情节。

一阕词，挂在颓废的枝头，在鸟鸣里放歌，发黄的书笺，在某个夜晚鲜活，蓦然回首，阑珊灯火依旧，那人却遥不可寻。把前尘旧事搁浅，或，放逐，在午夜梦回的静谧里安顿灵魂，让那些经年的忧伤，开在野菊绽放的竹篱，把寂寂深夜，留给，天亮前的自己，任梦中的场景，一路天涯孤烟直。

安静地行走于时光的深处，在一池残荷里听雨，水沉云低，断雁西风。雨一程、风一程的山长水远，已然模糊了初时的模样。历经阵痛后的淡定，倾诉着一场说走就走的离别。把某些记忆翻过身，看山还是山，看水还是水，而那些起落的过程，定格成时光深处的风景，千帆过尽，弱水三千，只一瓢，断送多少黄昏。

冬日的宁静与薄凉，像一位素心的女子，独自行走在阡陌红尘，用安然如水的笔触，写意一纸素笺。远方的雪落，在一枝梅的素影里芬芳清寒的心路，染指一卷淡然温软的时光。把一场清欢，用一支瘦笔，零落成时光深处的水墨，那些陈旧的时光，便染上薄薄的暖。

习惯了在缄默中行走，习惯了行走中的那份薄凉。习惯在薄暮时分，沿着江畔公园曲曲折折的小径，漫无目的地行走，于清凉中，想着似有若无的心事，听风声抖落岁月的尘埃，一份清幽与朴素在眼波里散着浅淡的凉意。那时，心，仿佛没有了尘世的欲望，朴素得若路边的一株马尾草，独自西风独自凉，一份自在与懂得，在岁月里静好。

喜欢，在寂静的夜里，泡一壶清茶，坐在窗前，看一些散碎的文字，抑或，静听一曲微凉的曲子，任风从窗棂的缝隙里吹进来，翻动着书页，某些思绪在茶叶的沉浮中禅悟，独品一茶、一书、一世界的清欢寂味。

深冬的夜，急急吹来的寒风，带来冬天里最后一场雪落的信息。凝视的眸子，在一朵雪莲里纯净。北方的冬天，流淌着南方的暖。而南方的冬天，梦里水乡，青瓦黛墙，青苔里隐藏着的光阴开始流转，某些枝丫，次第萌芽，一些风，吹来另一个季节的信息。

站在季节的末梢，再一次翻阅冬日的书页，把某些温暖的点滴，妥帖地收藏，那些走过的路途，遇见的风景，随深冬的寒流搁置，用午夜梦里翻飞的雪花写一段人生的留白。

清浅二月，乍暖还寒，暗边风笛，在一池碎萍里吹开一树的梨白，三分流水，淌过心海岸边，洗涤灵魂褶皱里的繁杂与旧疾，还一颗干净的素心，于桃红里煮一壶清明的茶，在静默中品味春天……

第二章

初冬絮语

（一）

一场细雨，送走了秋天，迎来了冬天。

这场雨，从暮秋就开始下，一直下到今天，还没有停歇的意思。秋天的落叶，在雨里安静地融入泥土，等待一场雪将它的灵魂深深地埋葬，再到明年春暖花开，重新生根发芽，迎来另一个生命的轮回。

季节，总能带给人一些莫名的思考与感慨。而人，因了这些思考而变得成熟与稳健，若季节一样，迈着沉稳的步伐，一步一步地前行，安静地越过秋天，抵达冬天。一些情绪，在季节的转角处蔓延，偶尔，便会陷入莫名的感伤与失落里，这些感伤与失落，像一场雨，濡湿了干净的眸了，那些澄澈的蓝，在凝眸处渐渐地飘远，若一场斑斓的梦，与季节一起远去。

远去的季节，带走的不只是秋天，其实，还带走了一些秋事。那些在秋天未完的夙愿也只好在季节的深里搁置，搁置在细雨霏霏的堤畔，等待远行的大雁再一次回归，把一些梦想带去远方。

　　一些期许，在飞翔中跌落，痛了凝视的眸子，一些幸福，在痛里凝结成冰。总想，以这种封存的方式与季节告别，告别一些事，告别一些人，告别一些情。或许，告别并不需要仪式，只需，腾空行囊，让心，回归透明，与冬一起，踏上新的征程，走入冬天的纯净与安宁里。

　　冬，是真的来了，一些轻寒，在细密的雨里延伸，独自上路。

　　冬雨，淡了城市的浮华，厚了岁月的沧桑。城市，在冬雨里变得宁静起来，纷飞的细雨，打湿来来往往的脚步，行人，裹紧衣领的口子，把风寒挡在外面，一些温暖，便热了心窝。

　　我站在风口仰望，看细雨纷飞若雪。耳畔，响起一段熟悉的旋律：风起的日子，笑看落花，雪舞的时节，举杯向月……

　　我在青灰的天空下淋雨。心里，却期待一场冬雪。

（二）

　　重庆，是有名的火炉，雪很少来，偶尔来，也只行走在深山老林里，城市的冬天，是没有雪的。而关于雪的记忆，一直在脑海里残存着，每年到了冬天，总会想起那些遥远的记忆，而我，也在遥望中多了一份期盼，期盼一场不期而至的冬雪。

　　儿时，关于雪的记忆，是晶莹剔透的雪娃娃，是美丽非凡的白雪公主。记得上小学时，到了冬天，教语文的刘老师，总是绘声绘色地给我们讲白雪公主的故事，把我们带入洁白的童话世界。而我，听着故事，总是走神。心里，早已堆成了一个有着黑眼睛、红眉毛、胡萝卜鼻子、樱桃小嘴巴的雪娃娃，脑里，更是装满了七个小矮人，还有白马王子。我的童年生活，也因了这些绚丽多彩的梦而变得生动起来，清贫的日子，便少了几许冷寂，多了几抹亮丽的色彩。

青春时，关于雪的记忆，是一场永不消散的爱恋。读大学时，遇见梦中的白马王子：阿涛，他来自大连，每年的冬天，他的世界，千里冰封，万里雪飘，而我的世界，葱绿依旧，冬阳微暖。阿涛在遥远的北方看雪，而我在漠漠的南方看落叶纷飞，我们在同一个季节里行走，又在同一个季节里走失。那年的秋天，阿涛回到了北方，就再也没有来过南方，一场无言的结局在纷飞的雪里飘舞，而我，每年的冬天，系着阿涛送给我的围巾取暖。

而如今，关于雪的记忆，是一场秋天的离歌。那个仿佛昨日还在窗前看雪花飘舞的男子，如今已去了遥远的天国。站在尘世，仰望月亮之上，我不知道，另一个世界，是否会有冬天，如果有冬天，那儿的冬天是否会有雪花纷飞？

我在初冬的雨里，安静地行走，心里一直在想：冬天的雪在哪？当雨水滑过脸颊，耳畔忽然传来一些熟悉的软语，那个像风一样来了又去了的男子，曾在一场又一场的冬雪里，写来遥远而温暖的呓语："林儿，天冷了，记得保护好小手，别再生冻疮；林儿，天冷了，记得加衣……"

(三)

今年的冬天，是在深秋的雨里蔓延而来，来得有些突兀、有些急，一来，就风雨交加，着实有些冷，不，严格说来，是有些寒。网上说：今年的重庆，一秒入冬。虽然，这种说法有些夸张，但事实的确如此。

刚入初冬，不怕冷的重庆人就穿上了棉袄，或羽绒服，抵御突然而来的寒冬。大街小巷，人们把自己包裹得严严实实，像装在套子里的人，安静地在冬雨里行走。他们的脚步，并不凌乱，只是安闲自在地前行，在风雨里来了又去。

而我，每天在城市里安静地穿越，从城市的一端到另一端，沿途的风景，因了雨而失去了秋日里的色彩。行走在茫茫的人生之海里，我有些恍惚，总觉得，目光所极之处，是另一个世界的迷离。

耳畔传来沧桑的旋律："我终于失去了你，在拥挤的人群中……"我坐在城市的边缘，安静地聆听，却无法知晓，失去与得到的距离。我想，那些距离，是我今生都无法逾越的水域。总喜欢，站在岁月的堤畔，去遥想彼岸的花开，那些乱了期许的疼，总是一现再现，像一些风里的故事，只有影子，一直在风里行走着。

我站在城市的风口，忽然有些明白：其实，季节的寒算不了什么，真正无法抵御的是那些在心海里泛滥成灾的寒。

我在冷寂的夜里，把自己捂在被子里，安静地听歌。情歌一首、一首地唱，心却一点、一点地荒凉。迷离的夜色，揉碎了如水的心事，那些淡了又浓、浓了又淡的疼，在泪水里冰凉。那些冰凉，深深浅浅，在我佯装的笑容里冻结，像那些洁白的雪莲花，开在冰冷里，却依然透明、澄澈，使我在失去的隐痛里依然能拥有一颗澄净的心，不至于真正地迷失。

而我，也因了一颗依然澄净的心，在清冷的夜里，收获了一份温暖的亲情。还记得，初冬的那个冷夜，母亲打来电话，和平时一样唠叨："林丫头，天冷了，记得加衣……"

那晚，母亲说了很多，而我说得很少。我只是流着泪安静地聆听，再听话地在电话里"嗯、嗯"地应着。我在泪水里明白：只有亲情，能抵御人生里所有的风寒……

挂断电话的时候，我在泪水里笑着对母亲说："妈，天冷了，你和爸也要记得加衣……"

第三章

在夜色里行走

　　最近几日，天气格外晴朗，每天吃过晚饭，我都习惯独自去江畔行走。于我，很喜欢独自行走，总觉得，独自行走的时光，是心灵的漫步，是灵魂的出走，是一份慵懒、闲散而孤独的时光。

　　其实，很喜欢自己居住的城市，两条江穿城而过，林立的楼宇散落在江的两岸，四座桥，将城市的东西南北贯通，江畔公园错落有致地蜿蜒在江岸。悠悠的江水，淡去城市的浮华，阅尽城市的沧桑，而城市，因了水的滋养而多了几分灵气、秀美与温婉，少了些许浮尘。

　　城市的夜色，斑斓辉煌，流光溢彩。喧嚣的车流、热闹的人群、沸腾的夜生活，彰显着一座城市的繁华。江畔的夜色，却因了悠悠的江水，而特别的宁静与柔美。楼宇与江岸的灯火，闪闪烁烁，倒映在江面，波光流转，忽隐忽现，灿烂如星河，若一幅流动的画，让人流连忘返。

于我，是一个特别喜欢安静与独处的人，很少去喧嚣的街市行走。大多时候，我习惯在长长的江畔漫无目的地独自前行。独自行走，少了牵绊，也不与他人闹嚷，自己可以完全地属于自己，让思绪在夜色中蔓延，随心而想，随景而移，走走停停，淡然而宁静，寻得一份浅浅的清欢。在清欢里，独自成景，且听风吟，说不上浪漫，却自有清风明月。

夜色中的江畔，夜风徐徐，虫鸣如水，柔软的灯，散发着温暖的光辉，到处流动着朦胧的诗意。

在夜色里徜徉，总是习惯于仰望，仰望深蓝的夜空，让思绪随了夜风飞到如海的苍穹之上，把零碎的寒星盛装在眸子的深处，乘着夜风的微凉，去赶一程红尘之上的路，心便陷在恍惚中，落进深深的时光里。

这些时光，流淌着淡淡的恬静与孤寂，总能带给自己一些来源于生活，而高于生活的思考与领悟，而更多时候，这些时光，能放飞灵魂深处的某些念想与隐痛，让一些情绪在夜色里安静地释放，让一些情愫独自飞翔，让心抵达远方。

其实，远方于我，只是一份遥远的期许，只是一肩空空的行囊，所有的目光，都无法抵达，所有的行走，都无法穿越。只是，远方的某个地方，花，一朵一朵地盛开着，像一个斑斓的梦，一直以飞翔的姿势悬挂在我早已疲惫不堪的心上，让落满痕印的心野，在一场雨里生动起来，滋长出些许新的希望，让红尘的爱，在烟雨里沉睡。倘若，心因为沉睡而不再流浪，那么，再远的远方，也会在心海里搁浅，等待风起、雨落，或，繁盛的一场雪，去淹没唐诗宋词里的浅吟低唱。

只是，这么多年的冬天，我的城市一直不曾雪落。而关于雪的记忆，一直在梦里疯长。因为，曾一起遥想过一场纷飞的冬雪，有你、有我，还有深埋的寒梅，一起在杯里煮酒，雪舞的日子，举杯同饮，用温酒暖和雪花的冷，还心一场暧昧。所以，关于一场雪的期盼，近了又近，远了又远，却不曾真的遇见。如今，即使真有一场不期而至的雪，只是有些人已不在，所有的期盼，只不过是镜中花、水中月，再美，也只是一个乱了尘世的影。

这些影，若夜色里的灯火，飞彩凝脂，把冬天的夜，妆点成一座浮华而喧嚣的城市，伴随着自己在夜色里孤独地行走。

其实，孤独是一种心境，也是一种静美。这种静美，是隐痛后的孤寂，若暗夜里的流星，在清辉里凝结成霜，瘦了季节的寒，把一腔的炽热，在浮华里洗涤，淡去一身的风尘，让心，回归初时的模样，让脚步，少些牵绊，让人生，单纯些许，让自己的世界，纯粹而丰满。

初冬的夜，已有些冷，夜风袭来，更有些许的寒。而我，习惯裹着一身的冷在树荫下的木椅上独坐，将时光坐在河流里，让自己坐进时光里。

行走在时光的深里，总想把一些伤痛冷硬成痂，让爱封存，让忧伤静止。还记得那日，一位朋友问："疼痛有没有轻一点？忧伤有没有少一点？"我久久地沉默，不知如何回答。总觉得，一些伤痛与忧伤若一些老疾，潜伏在全身的脉络里，不经意就会复发。时常，一句轻声的问候，一首熟悉的歌曲，一个相似的眼神，或，一个刹那间错过的身影，就会把自己拉回到某些尘封的往事里，沉溺于一些事，一些人，一些时光里。

这样的沉溺，若一条鱼游弋在自己的水域里，冷暖自知，与人无关，与事无关，只是一个人的故事。故事里的情节，若一本书，放在随手翻阅处，一页页未读完的书笺，早已遗失在如水的流年里，而最后一页，撕毁了时光。只不过，那些收藏的，或，遗忘的情节，曾在春天的花园里秘密地生长，开出一朵带泪的花，痛了灵魂的相思。

独自行走在江畔，看一江深蓝的水域，飘浮着星星点点的灯火，静得像有母亲的手抚我入睡。我在灯火的阑珊处，遇见尘世里自己最孤独的影子，我在影子里寻梦，揉碎了夜色的迷离。

迷离的夜风，在旧时光里吟诗。我裹着夜色，在诗句里向夜深处走去，行走的时光和梦中的爱情，一如西风走过。

第四章
感动有你

　　前段日子，一位朋友说要为我出个集子，让我整理下文字。其实，这些年，文字写得并不太多，大多写的都是些心情文字，这些文字，记录着自己的所思、所想、所忆，还有一些来源于生活而高于生活的感思与领悟，所以，文字虽不多，但对我而言，这些文字还是弥足珍贵的。

　　这段日子，空闲时，就去整理那些旧时的文字。每每整理，总有许多感慨与感动，思绪，在文字里穿越，那些染了墨香的时光，是如此的清透与纯净，流动着淡淡的哀伤与喜悦，指尖上跳动过的日子，一直在生命里回旋，每每回想，散落一地的情绪。

　　平淡的日子，因了文字而变得丰满，薄凉的心，因了文字而变得丰盈。一路走来，一路的收获，却是因了一位朋友一直默默地陪伴，今日，用一支笨拙的笔，去抒写内心深处的那份感动。

其实，2008 年以前，自己是不写字的。那时，由于工作原因，每天沉迷于股市与楼市的投资，对于文字，压根儿就没有想过。一次偶然的机会，误闯入一个文学网站，看着网站里那些五花八门的网名和斑斓多彩的文字，一度麻木的神经，被莫名地触动了，内心深处忽然就柔软起来，仿佛在我的面前，有一片浩渺的水域，那片水域，烟雨迷离，红尘漫漫，莺飞草长，到处盛开着温暖如春的桃红柳绿，那种欣喜，是无法用文字表达的。其实，之所以欣喜，还是缘于内心深处对文字的喜爱，因为，读书时，由于读的文科，在高中和大学期间，自是看了不少的文学作品，也写了许多字。后来，缘于生活的烦琐与凌乱，慢慢地就淡忘了文字。

　　怀着一份欣喜，悄悄地注册了一个名字，注册后，由于工作特别得忙碌，自己并不写字，只是学着发了两篇日记作品。虽不写字，却认识了一位朋友，这位朋友并成了我在网络上第一个因文字而交往的朋友，当初是怎么认识的这位朋友，现在已经全然想不起细节来。

　　那时的我，每天还是在股海中游弋，只是，多了一份娴静，习惯于在股市开盘前去瞧瞧文学网站，有时还会看见这位朋友的文字，偶尔，便在朋友的文章后面留个脚印。那时，朋友是网站的编辑，他对所有的朋友都非常的真诚，每次留言，他都及时地回复，还会看我那不成样的两篇日记作品，然后会留言"期待朋友新作"。我和朋友虽然是网上的好友，但缘于自己有些内向，不大喜欢聊天，交谈得并不多，偶尔遇着，朋友会询问我的一些情况，会问我为何不写文字，并不停地鼓励我写作。

2008 年 6 月，工作变得清闲，在朋友的鼓励下，开始了写字。由于许久不曾触摸文字，那时的字很是单薄与幼稚。即便如此，我写字还有一个特别不好的坏习惯，总是文章写完就发，几乎是不修改的，所以，错字、别字就在所难免。而朋友，对文字的审核非常地认真与较劲，他对我的每篇文章，无论是他审，或，别人审，都会逐字、逐字地看，一句、一句地读，然后，认真地帮我修改，细致到一个标点符号、一个字，大到有时段落的重新排列，一直修改到朋友满意为止，一篇非常普通的文字，因了朋友的修改与润色，而流畅了许多。而后，朋友会在文章后面留言，写下真诚的点评，并指出文章的不足。有时，在网上交谈，朋友会鼓励我，说我的文字功底很不错，如果认真写，慢慢会写出好文字来。

　　朋友对我的帮助与鼓励，成了我写文章的动力，总觉得，如果不认真写，对不起朋友对我的真诚与付出。而我，是一个不善于表达的人，把所有的感动都只深埋在内心深处，每天，安静地在网络里行走，安静地写字，安静地发文章，很少去跟帖，而朋友的文章，我是每篇都看，每篇都会留言，直到今天，还保持着这个习惯。

　　在朋友的严格要求与真诚帮助下，我的文章慢慢地好了起来，也得到了很多朋友的认可。所谓的好，并不是说达到了什么水平，而是，语句的流畅、意境的渲染、情感的表达，自然了许多，有了一些提高。其实，对于文字，我是一个很淡定的人，无所谓结果，我只喜欢写一些情感文字，释放灵魂深处的情绪。而朋友说，网络里写字的最大好处就是：我笔我心，随心而写，想写就写。

就这样，和朋友成了文字上很好的朋友，我们一起徜徉在文字的世界里，一起探讨文字的写作心得，一起交谈文章的写作技巧，一起用文字取暖，那种感觉，很单纯，很暖和，彼此记挂的日子，满足而踏实。

　　除了文字，有时，我们也谈文字以外的事情。骨子里，我是一个有些忧郁的人，所以，文字自然有些忧伤。有时，我在线上，就安静地听一些有些感伤的歌，而朋友，并不打扰我，也安静地陪我听歌，并要了我听的场景。朋友把我发去的场景，一遍、一遍地听，而后便学着唱，有一次，我心情不好，朋友还自告奋勇地唱给我听，看着朋友唱歌的样子，听着朋友并不十分标准的旋律，我竟然笑了，忘记了一些不愉快的琐事。朋友却说，你开心了，我就开心了。朋友的话，总是这般的朴实而贴心，让我的心，在疼痛里多了些许暖和。

　　有时觉得，人是一个特别奇怪的动物，在网络里走得久了，便会生出些许的倦怠来。在网络里写字一年多后，因为一些缘由，忽然有些厌倦文字与网络，我告诉朋友，想要淡了网络，淡了文字。朋友有些难过、有些忧伤，为了挽留我，写了一篇情深义重的文字："你不要像天上的云"，文章里有几句话，让我记忆很深：天上的云到处飘，飘到哪里不知道；你不要像天上的云，飘呀飘呀飘得不见了……

　　看了朋友的文章，觉得有些内疚，但由于现实的一些缘由，我还是告别了网络，告别了文字。其实，说是离开，但并没有真正地远离，每天，有闲余时间，我还是会去网站里，默默地看朋友和其他会员的文字，然后，又安静地关掉网站。

日子，就这样闲淡地过着，也无风雨也无晴。如今，我又开始写一些文字，默默地写，默默地发在网站，默默地在网络里行走。也许，于我而言，静默是对文字的一种坚守，静默才是永恒。

　　而那位文字上的朋友，也一直默默地陪伴着。朋友说，希望一直安静地陪伴，在文字里穿越，在文字里徜徉，在文字里相互取暖。

　　触摸着旧时的文字，一些感动在心里流淌，一些潮湿在眼里涌动。其实，我明白，文字的路还很长，而更长的路，是友情之路。我很珍惜和朋友的这份友情，淡淡的，纯纯的，却能入心。也许，越淡的东西，越能持久，就像开在山野的蜡梅，兀自开着，却在寒冬里散发着淡淡的香，这缕淡香，绵长而悠远，若冬日暖阳温暖着人的心。

第五章

初冬的阳光

最近时日，居住的城市，天气特别的晴朗，到处弥漫着阳光的味道，柔软的冬阳，温暖如棉，若母亲的手，轻轻地抚慰着尘世，让一些隐藏着的美，在阳光里安静地流淌，滋养着同样安静的心绪，一些陈旧的生命，在暖阳里澄亮起来。

阳光里的天空，是一种干净的蓝，不掺一丝杂质。偶有，翻飞的小鸟，轻盈地剪下一缕、一缕的蓝，跌落在仰望的眸子里，心，便在蓝里纯粹起来，回到一些旧时的时光里，把生命的色彩沾上阳光的味道。

于我，很喜欢蓝色，为何喜欢，自己也说不上来，也许，生命里，有些喜欢是无须理由的，就若，年少时，你曾深爱过一个人，为何要爱，你不一定说得出缘由，只是就那么简单地爱上了。

总喜欢，以这样一种散淡的心绪，去诠释尘世里的欢愉与遇见。

总觉得，在初冬的阳光里，和天空里的蓝色相遇，是和自己初时的生命相遇。在我的世界里，蓝色是生命最初的颜色，每当轻轻仰望时，总有一种莫名的冲动，想要飞翔在蓝色的苍穹里，让灵魂，在纯粹的蓝里一生一世地放逐。

纯粹的蓝，总能带给我一些生命里的记忆，这些记忆，是儿时简单而纯净的快乐，脑海里，常常回旋着儿时一些零碎的记忆。还记得，儿时的一个初冬，阳光正好，红红的橘子，在阳光里格外诱人，我和小伙伴们去偷偷地采摘，本已有些破旧的鞋子在奔跑中被磨破了。我小心翼翼地回到家里，怕被母亲发现后受责备，而母亲看见我裸露的脚趾，一句话也没有说，从柜子里拿出一双蓝色的布鞋，让我换上，并轻声问是否合适。穿着母亲缝制的布鞋，儿时的心，滑过阵阵冬日暖阳般的温暖。

这么多年了，我还清晰地记得那双蓝色的布鞋，这抹蓝，一直保持着光鲜的色彩，在我的生命里闪亮，若一双干净的素手，抚慰着我灵魂深处辗转的皱褶，使自己行走在纷扰与凌乱的尘世里，淡去一些尘世的浮华，使一颗心依然能保持些许的纯净与透明。

时常想，一个人的心，若不被世俗腐蚀，能长长久久地保持着这份纯净与透明，要怎样的修行才能真正地抵达?! 记得，一位朋友曾对我说："人生就是修行!"很喜欢这句带有哲理的话，这些年来，我沐浴着这句话的灵气，在红尘里安静地行走，把人生的轨迹，走成恒久的记忆，这些记忆，成了人生的一笔财富。

其实，记忆是一种颜色，这些颜色，跳动着五彩的音符，在生命的河流里，若一首轻缓的歌，唱响着生命的旋律，这些旋律里，有父母曾经艰难行走的脚步，有我缄默前行中的跫音，还有孩子朝气蓬勃的奔跑。

还记得初冬的那个周末，太阳融融，陪孩子去书店里购买泰戈尔的《飞鸟集》。这本集子的封面很是精致，底子是纯粹的青蓝，透着深邃与丰满，而《飞鸟集》三个字用纯纯的白色镶嵌着，若灵动的小鸟正欲飞翔。在返回的路上，经过浮桥时，孩子忽然问我："妈妈，是不是因为鸟儿要在蓝天上飞翔，书的封面才做成蓝天一样的颜色？"我看着孩子纯洁的眸子，竟然怔了一会儿，不知如何作答。我望了望淡蓝的天空，然后，微笑着回答孩子"是的"。后来的好些日子，我都会想起孩子这句很单纯却又让人沉思的话来。

也许，每个人都是一只小鸟，都有一片属于自己的天空，如若，心里有着一米阳光，一定会拥有属于自己的那片干净的蓝。

于我，很喜欢用干净来形容天空、人心，或其他。总觉得，念着时，所有的前尘旧事，也会干净起来。就如这段日子，虽然已是冬天，白日的温度，有时最高还能达到二十来度，到处流动着暖暖的阳光，使所有的行走，都落满了阳光的芬芳，心也在芬芳中干净如莲。

习惯在城市里缄默地行走，安静地看人来人往，用一颗简单而沉静的心，去领悟和发现那些时光深处的美，行走的途中，总会拾得些许温暖与感动。

走在人群里，我常常遇见少男少女，或，年轻的伴侣，看着他们洋溢着幸福的模样，我的嘴角也会飞扬起一抹浅笑，那些早已散场的青春，会在笑意里荡漾开来，仿佛，曾经的追风少年，悄然挺立，又在浅笑里彼此重逢。时常觉得，自己是一个感情极为丰沛的女子，总是莫名地就陷入这些恍惚的沉醉中，若风中的落英，在云淡风轻里拾梦。

不过，更多的时候，我的目光会在阳光里穿越，追寻着那些苍老而孤独的背影。这些日子，因为天气明朗，太阳融融的午后，时常能见着一些迟暮的老人，他们或一人，或，彼此搀扶着，在林荫道上缓缓地前行，走得累了，他们就坐在街心公园的木椅上，安静地晒太阳，柔软的阳光，轻浅地洒落在他们斑白的发梢上，远远望去，若一幅沧桑而静美的画，流淌着温馨与从容。

每每这个时候，我会站在公园的一隅，安静地看着他们，看他们祥和宁静地安度自己人生的冬天。看着看着，我的眼睛就禁不住阵阵潮湿，这份潮湿，是因了内心深处涌出来的感动，这些感动，在冬日里染上阳光的味道。

而城市，因了柔和的阳光而变得温暖如春。安静地在城市里行走，看树上的黄叶一片、一片地安然飘落，看环卫工人自顾自地扫着永远也扫不完的落叶，看洒水车冲洗永远也冲不干净的马路，看行人带着浅浅的微笑轻轻地走过，看小鸟在树荫下欢快地低飞，我的情绪也明朗起来。

初冬的阳光，若明黄色的花朵，在城市里安静地绽放，我的心，在阳光里敞亮起来。我踩着松软的落叶，听着落叶吱吱的声音，安静地走向冬的深处……

第六章
走进村庄

　　周末，一位朋友的母亲过生日，这位朋友的母亲住在郊外，生日的饭局自然就设了乡村。曾去过朋友的老家，坐落在嘉陵江畔的半山腰，有一个大大的院落，风景怡人，是城里人周末放松的好地方。周末，恰逢天气晴朗，我们决定步行去朋友的母亲家。

　　上午，10点左右，我们把车停在郊区的公路上，而后，沿着弯弯的小路，向朋友的家缓缓前行。这样的行走，没有羁绊，闲适而随意，一行人，远离了闹嚷的城市，若出笼的鸟儿，叽叽喳喳，说说笑笑，快乐一路绽放。

　　也许，是缘于小时候生活在乡村，骨子里，我有一份很浓厚的恋乡情结，也因了这份特别的情结，所以，我是很喜欢到村庄里行走的。每次在村庄里行走，总能给我带来别样的感受，因此，每次行走，我总是安静的。喜欢在安静里，真正地走进村庄、融入村庄、用心去解读村庄，把村庄里那些安然存放着的静美拾捡于心，让心灵，做一次长久而纯粹的放逐。

村庄的天空，苍白而纯净，没有云朵，只有飞鸟偶尔掠过，把纯粹的白，剪落成缕缕思绪。这些思绪，零零落落，散落在质朴的村庄里，村庄里的一景一物，在思绪里来回地飘浮着，安静的村庄忽然就在思绪里动了起来，像一位久别重逢的故人，一路陪伴着我，与我一起去领悟村庄的内涵。

于我，很喜欢冬日的天空，总觉得，苍白而纯净的天空里，沉淀了某种禅悟，隐藏着些许沧桑，若一位历经了悲欢离合的垂暮老人，淡了尘世的欲望与纠缠，只用一颗淡然而沉静的心，去享受孤独的暮年时光。

天空下的乡野，空气特别的清冽，透着泥土、野草的芬芳和落叶的腐烂气味。这种气味，久远而熟悉，轻轻嗅着，总能把人的思绪搁浅在一些旧时的时光里，让人有种欲罢不能的沉醉。这抹沉醉，是久违的乡恋，是悠远的乡情，是根植在灵魂里的乡根。

南方的冬天，并不太冷，自然没有北方冬天的萧瑟与凄凉，空寂的山野，并没有蔓生的枯草和连绵的衰败。路边的田地，轻缓起伏，在空落的地里，时不时镶嵌着一畦畦绿色。这一畦畦绿色，有白菜、萝卜、青菜、菠菜，或，刚冒出嫩芽的胡豆。久居城市的朋友们，看着这些鲜嫩的绿，忽然就闹了起来，像看见宝贝一样，用夸张的声音，叫喊不停，一忽儿，有人喊："快看，白菜。"一忽儿，有人喊："快看，菠菜。"更有人，用放大的嗓门喊："快来这里看……"一窝人，凑过头去，原来是一只绿色的虫子。朋友们七嘴八舌地围观着这只虫，脸上荡漾着久违的笑容，那笑容，纯洁得如孩子一样，有种质朴的美，让人忽然就念起那些回不去的小时候。

路的两边，散落着星星点点的野菊花，一簇簇，一缕缕，安静地挂着，若一个个小太阳，点亮村庄的冬天，冷寂的村庄，因了这抹抹亮丽的黄，而变得鲜活生动起来。在我的印象里，野菊花的生命力是很顽强的，花期总是好几个月，从初秋，一直会开到寒冬。于我，是很喜欢野菊花的，总觉得，每一朵野菊，就是从村庄里走出来的一个女子，淡然、宁静、温婉，纯朴得不染一丝凡尘。所以，每年的深秋，在野菊盛放的时节，我都会去山野里看菊，不为欣赏，只为走进菊的世界，做一个淡如菊的女子。

看着朵朵明黄的野菊花，我禁不住弯下腰，采摘了几朵，一抹淡淡的香，在手心里流淌。记得，读小学时，有一个要好的同学，也叫菊花。她和我同村，每天我们都一起上学，一起回家。听大人们说，野菊花存放在书页里，时间久了就会变成毛线，于是，每年的深秋，我和菊花放学后，总是去拾捡一些野菊的花朵，小心翼翼地放在书页里，每隔一段时间，就偷偷地拿出来看。虽然，每次拿出来，都没有见着大人们说的毛线，可那时，于我和菊花来说，却是一个美好而丰盛的梦，这个梦，一直伴随着清贫的童年，时至今日，每每回想起来，心里还是充满了温暖而潮湿的幸福。如今，野菊花年年盛开，只是那个叫菊花的儿时伙伴，早已不知道了大向，想来，真是让人惆怅。

路边的坡地，偶有几棵橘子树，树上挂满了红红的橘子。朋友们，像馋猫一样，爬到树上，摘下最红最大的橘子，皮一剥，就放在嘴里，怕酸的云儿，酸得哇哇大叫，把桔瓣撒落一地，乐得朋友们笑弯了腰。

一路行走，一路的欢声笑语，一个多小时的行程，我们便到达了朋友的家。乡亲们见着我们，喜笑颜开，认识，或不认识的阿婆们，热情地招呼着我们，像迎接远行归来的儿女，为我们倒上热腾腾的茶水，端出自制的红苕块和炒熟的胡豆、葵瓜子。我们坐在院落里，喝着茶水，剥着瓜子儿，一份久违的乡情淌满全身。

中午时分，大大的院落，坐满了客人。朋友们，晒着融融的暖阳，喝着农家的高粱酒，划拳打马，为朋友的母亲庆祝生日，笑声在村庄里飘了好远好远。

吃过午饭，朋友便开始了"战斗"，在屋子里玩乐，一些人打麻将，一些人斗地主。而我，是不喜欢这些活动的，于是，便坐在院落里晒着太阳。

午后的太阳，温暖如棉，我慵懒地坐在木椅上，吹着柔软的山风，嗅着融融的泥土气息，空气里，弥漫着阳光陈旧的味道。放眼望去，小鸟轻飞，村落点点，瓦屋、竹林、树木，错落有致地散在村庄里，田野上，偶有柴垛，正在燃烧，袅袅的炊烟在空中升腾，而山脚的嘉陵江，如一条银色的飘带，安静地环绕着村子。置身于这样的景致，让人莫名地就有些沉醉，脑海里不自觉地就想起"斜阳外寒鸦数点，绿水绕孤村"的诗句来。

院落里，几只小鸡欢快地歌唱着，中午饱餐了一顿的小狗微闭着眼睛打着盹儿，而身旁的阿婆，靠着院角的玉米垛儿，安静地晒着太阳，她的脸上布满了皱纹，落满了沧桑，她深陷的眼睛，淡定、祥和地注视着远方。而我，安静地看着阿婆，阿婆若一幅静美的画，定格在村庄里。

整个下午，我是安静的，阿婆是安静的，村庄是安静的，而时光，兀自地流转……

第七章
幸福的味道

　　她和他结婚时，全家人都反对，而她还是义无反顾地嫁给了他。他人长得不算帅气，家境也不好，可她就是打心眼儿里喜欢他、爱他。她想，婚姻有喜欢、有爱就足矣。

　　他在和她结婚前，有过一段刻骨铭心的爱恋，那是他读大学时的一段青涩而美好的情感，后因种种现实原因，终是劳燕分飞各西东了，而他一直觉得那段情感是他一生的爱、一生的暖，是他人间的四月天。

　　而她，从来没有谈过恋爱，她的情感世界就像一张白纸，他是她的初恋，也是她的最爱。她常常一个人沉醉在与他相识的美好中。他们在同一个镇上的两个单位上班，她每天上班要经过他的办公室，每次经过门口，她便能看见他，他神情专注地凝视着窗外，眼神有些愁伤，有时，还大口、大口地吐着烟雾。她很喜欢他抽烟的样子和愁伤的眼神，甚至，有种想要去疼爱他的冲动。于是，她想成为他窗外的风景，她一次次有意地碰巧经过他凝视的窗外，就这样，他终于注意到了她，慢慢地，她成了他凝视时的风景。当然，这个小小的秘密只有她自己知道，就如他心中的秘密也只有他自己知道一样。

就这样，他们怀着各自的小秘密走入了婚姻的殿堂。

他在司法所工作，每天要接触一些案例，自然应酬也多。他喜欢喝酒，严格说来，是喜欢酗酒。而她，是一个喜欢安静的人，每天下班后，几乎足不出户，只一个心思地待在家里。每天夜里，她会为他熬好葛粉，再放些蜂蜜。她听人说，这样能解酒毒。他每天回来，都喝得烂醉如泥，有时，他回来就呼噜、呼噜地沉睡了；有时，他回来后会吐得满地狼藉，她小心地为他擦拭，还一小勺、一小勺地喂他葛粉，他若婴儿一样，一口、一口地吮吸，她看着他吮吸的模样，心里升腾起母亲般的暖爱；而有些时候，他回来会对她死缠烂打地想着那些事儿，嘴里还不停地喊着"阿静，我爱你……"她流泪满足着他，心里却撕心裂肺地疼，她终于在眼泪中明白，原来，他心中早有所爱，她只是他心中的替代品。第二天起来，他会什么也记不得了，而她也装着什么都不曾发生。

日子，就这样相安无事地过着。偶尔，他不喝酒的傍晚，他们会去小镇外的乡野散步。乡野，空气很好，也很安静，到处散发着青草的味儿。有时，他会情不自禁地抚摸着她的长发，还会说"我爱你"的软语。那时的她，会感动得一塌糊涂，眼睛里盛满了一片潮湿，她觉得山风里都浸满了幸福的味道。于她而言，幸福原来是这么简单，简单到只是一个手势、一句暖语、一种感觉。

他不在家的夜晚，她感觉自己很孤单很寂寞。每天夜里，她抱着枕头久久地无法入睡，脑海里总是想着他，想他什么时候回来，想他什么时候才能忘记了"阿静"，她才能真正地入他的心。有时，她实在睡不着了，她会起身，一个人站在窗外，安静地仰望星空，安静地流泪，然后，又带着泪痕浅睡还醒。

有天晚上，他没有喝酒，回来得还算早，大概十点多钟。他打开门，客厅的小台灯亮着，饭桌上依然放着一碗葛粉，竟然还冒着些许热气。记忆里，每天晚上他应酬回来，灯总是温暖地亮着，葛粉总是安静地盛着。他又轻声地走进寝室，打开灯，她已经睡了。他坐在床边，安静地看着她，忽然发现，她的脸庞还残留着些许泪痕，那一刻，他的心里忽然地疼了一下，他拿过纸巾，轻轻地为她拭泪。然后，又安静地回到客厅。他坐在那儿，看着暖暖的灯，看着冒着热气的葛粉，有种莫名的感动与内疚，在他的心里来回地荡漾。他站在窗前，大口、大口地抽烟，把所有的过去都散在了烟雾里。他重新回到卧室，紧紧地搂着她，她从轻吻中醒来，他轻声呼唤着她的名字，享受着从来没有过的鱼水之欢。

那一夜，月色倾城，他们温暖地交谈着，他敞开了自己的心扉，告诉了他的初恋。她依偎在他的怀里，安静地倾听，安静地流泪，滑过唇角的泪水流淌着幸福的味道。

第二年的秋天，他们有了自己的女儿楠，他们的小屋时常荡漾着欢声笑语，幸福若花儿一样，绽放在他们的眉间心上。

第八章
穿越寒冬

　　从昨天开始，气温骤然下降到了只有几度，天气预报说，寒冬已经来临。冷落的街道，冬雨细密如织，落叶飘零，寒风凛凛，街上的行人，都穿上了厚厚的棉袄，或，羽绒服，抵御着突然而来的冬寒。

　　于我，是不喜欢冬天的。每年到了冬天，满手满脚都会生出红红的冻疮，那种痛痒，实在是难熬至极。其实，不喜欢冬天，还有另外一个缘由，总觉得冷冷的冬天，若一双冰冷的手，把某些人的某场铭心刻骨的爱恋，从灵魂里活生生地剥离出来，让人在失去爱的城池里没有了依靠，独自承受着一场又一场的冬寒，那种寒，堆积在心里，越过了季节，越过了尘世，自然是难以抵挡的。

　　城市的街头，因了冬雨而有些冷寂，往日的喧嚣与闹嚷，在雨声中隐遁。而我，是喜欢雨的，总觉得，雨是苍穹里飘然而至的精灵，能淡去花花世界里的浮尘与俗愿，能洗涤灵魂深处的愁伤与疼痛，还世界与人心几抹宁静与淡泊。

时常有种错觉，仿佛自己被搁置在一个浑浊的世界里。城市是浑浊的，城市的天空是浑浊的，就连人的心，也是浑浊的。而冬雨，能拂拭些许浑浊，让人的心，在冷雨里多一些清醒，回归最初的善良与纯真。而人，会因了这份善良与纯真，有勇气去面对与抵挡季节的寒和人生的寒。

总习惯，以这种自我解嘲与自我安慰的方式，去面对尘世的冷漠与内心的隐痛，在静默里，让内心的伤痕在冬雨里冰冻，让浮躁的心在冬雨里潮湿，让寂寞的孤单在冬雨里流淌，让自己在失去的阵痛中飞翔，把一些纯粹的爱挂在翅膀上，不染尘埃，让影子与影子重叠，让前世的味道，在雨声里近了再近。

喜欢雨，更喜欢听雨。听着淅淅沥沥的雨声，心会慢慢地安静下来。一些久远的心事，会在雨声中起起落落，那些远了再远的记忆，会在雨声里醒来。其实，那些记忆，一直沉睡着，从未走远，只因了一场雨而复苏，就若冬雪里的那一片麦田，在冬雪里沉睡后会蔓延成一片绿色的海。

行走在寂寥的街头，听着起伏的雨声，情不自禁地想起了那个曾为我去淋雨的人。往年的冬天，他总会捎来信息，让我记得出门时别喝进了冷风，让我记得天冷了别忘了加衣。记忆中的冬天，他还坐在窗口，看一场又一场纷飞的冬雪，然后，把炽热的思念，揉碎在文字里，在飞舞的雪花里融化成一篇又一篇长相思、长相忆。只是，如今的冬天，他已经独自行走在天国里。

时常，站在尘世，安静地仰望遥远的三寸天堂，在心里发出一些轻问：不知道天堂里是否会有季节的错落交替，如果有，那儿会下雪吗？如果下，他是否还会坐在窗口，看雪花一片、一片地飞？是否还会在飘舞的雪花里想念，想念他的前世，想念起那颗跌落在尘世里的莲子……

　　其实，每次这样轻问着，这样想着，眼角就会渗出湿湿的泪来。而我，还是习惯在风里，在雨里，或，在阳光里，抬头望天，安静地仰望。之所以仰望，其实是为了不让涌动的泪水掉下来，把内心的疼痛和懦弱逼仄到别人无法窥视到的角落，让那些伤、那些痛、那些泪、那些美好而疼痛的记忆，在时光里沉寂，沉寂成一个人的城池。而后，一个人安静地咀嚼，一个人安静地梳理，一个人安静地行走，等到风起的时候，独自笑看落花，让那些飘散的残红，在来年的春天里，滋长出新的藤蔓，让藤蔓的枝节，爬满新绿，重新点燃一些遥远的希望，让希望在寒冬里陪伴自己，穿越寒冬。

　　记得，有一位至好的朋友，曾在我的一篇文字后面留言："冬来了，爱去了，你该用什么来抵御这个寒冬呢？"看见这句话的刹那，我的眼泪突然就掉了下来。一句无心的话语，触动了我内心最柔软最脆弱的情绪。总觉得，一段情感，在流年里已经飘了好远，远到自己以为已经忘记。殊不知，某一天，忽然又冒了出来，若一阵风，敲打着心窗，一些情节，在细雨里开出花朵，繁盛成一片斑斓的静寂，让心在静寂里隐隐生出疼痛来。

　　有时，莫名地喜欢疼，习惯了痛并快乐地行走。也许，一段繁华的背后一定有一段伤心的过往，一段美丽的邂逅一定有一场不期而至的心伤。这些年，辗转轮回，几番起浮，一身憔悴飘浮于心。只是，当繁华散尽，残留下的是无尽的悲凉。这份悲凉，无处可诉，无人可说，让自己沦陷在欲说还休的情绪里，一些愁伤，才上眉头，却上心头，瘦了所有的凝望。

有一段日子，一位朋友安静地陪我难过。偶尔遇着，她发来几个字："朋友，别哭。"她说，她把所有的关心与牵挂都放在这首歌里。而我，却流着眼泪听情歌。好些时光，我在夜里，安静地聆听这首歌："有没有一扇窗，能让你不绝望……"每每听着，千般滋味在心海里起伏。

其实，挚友的离去，自己一直不曾绝望，只是痛苦的相思忘不了。而，除了思念，更多的时候，因了朋友年轻生命的陨落，我会用一颗凉薄的心，去思索与感悟生命的本真。而我，也在一些感思里更加地珍惜自己的生命。

关于生命，有许多比喻。冰心说，生命像向东流的一江春水；张爱玲说，生命是一袭华美的袍；张洁说，生命如四季。而我觉得，生命是树上的一片叶子，抽出新绿后，什么时候飘落，完全由不得自己，我们唯一能够坚守的是，飘落后，安静地融入泥土，等待来年的春天，再抽出新绿。

冬雨，还在不停地下。我停在城市的角落，安静地看落叶在风雨里飘飞，我裹紧领口，目光追随着落叶，与它一起，踏上寒冬的征程，在叶子的脉络里穿越寒冬……

第九章

在缄默里行走

今年的秋，雨水特别的多。雨，下了一场又一场，天气变得潮湿而阴郁。几天绵绵秋雨，天气终于晴朗起来。窗外，秋阳暖暖，秋风徐徐，秋云淡淡，这样的日子，适合在外行走，在行走中沉思与念想。

街道两旁的树，枯叶渐渐地多了。风起，落叶纷飞，飘然如雨。站在树下，仰望一树的叶，莫名的惆怅涌了出来。叶与树，一季的丰盈、一季的相依、一季的相守，到最后劳燕分飞各西东，尘归尘，土归土，了无牵扯。

不想去探究叶的离去是树的不挽留还是一场宿命的安排。尘世里，有太多的相遇与分离，半点不由人。一路走来，一路的花开，在得到与失去中交错。总想抓住些什么，到最后终是一场又一场的虚无与离散。回首来时的路，日子远了，记忆近了，心在时光里纠结。一路上的点点滴滴，若一枝藤蔓，开枝散叶，延伸到全身的脉络里，那么繁盛，那么葱茏，只是风雨突来时，盘错交杂的根像一个个病瘤，怎么拔也拔不干净，扯出缕缕伤痛来。

记得雪小禅说，爱情是一场病，治疗它的方法很简单，就是再爱。而自己，在情感的路上已经走得很疲惫，早已没有了爱的心绪与勇气，所以，宁愿一个人病着，哪怕是一种绝症。其实，爱情，只不过是一场水与火的较量。爱与不爱，到最后都成了伤害。这些伤害，看不见，摸不着，却蚀了心、入了骨，像一根毒刺残留在身体里，站也疼，坐也疼，想也疼，不想也疼，疼生情，情生疼，生生不息，绵绵无期。

然，人的心，总是充满了温软与渴盼。总喜欢在唐诗宋词里寻觅一场风花雪月。那段情，明知遥遥在宇，却还要飞蛾扑火；那段路，明知滩多水深，却还要勇往向前；那个人，明知远在天涯，却还要情牵意挂。一段情，一段路，一个人，一程又一程，在繁华中落寞，在落寞里繁华，当繁华落尽一切皆是悲凉，如凉秋，一层一层的寒，隐隐于心。

时常觉得，城市，像一座囚笼，自己若一只困在囚笼里的小鸟，想要逃却怎么也逃不了。城市筑巢，心中筑城，城市的风吹不开梦的出口。日子，日复一日，年复一年，若水一样流走，只留下些许浅浅淡淡的痕印，诉说着岁月的斑驳。其实，日子幸福也好，悲伤也罢。日子，是自己来过的，与他人无关，好是一天，不好也是一天，经历中的滋味，如鱼饮水，冷暖自知罢了。

情到深处情转薄，世态炎凉心转寒。于是，在千疮百孔里、在千百历练里，慢慢地学会了隐忍与取舍。在缄默中隐忍，在行走中取舍。

其实，经历的事情多了，便会渐渐地明白：情感也罢，功名也好，人世间的所有经历都归结于一个"缘"字，缘来是缘，缘去是缘，缘来、缘去、缘如水亦是缘。而自己，一个人在缄默中行走，缘来时珍惜缘，缘去时随缘，让一切淡淡而来淡淡而去。忘记该忘记的，记住该记住的，失去该失去的，得到该得到的。忘记与失去是过去，记住与得到是现在，经历的过程是一生，刹那的芳华与感动便是永恒。一切的一切，半点强求不得，随缘、随遇而安便是幸福与满足。

常常把自己置入这样的生活状态：若一只蝉窝在茧里，一个人徜徉在自己的世界里。这个世界里没有情感的伤害与纠缠、没有城市的喧嚣与嘈杂、没有争斗中的你死我活；有的是灵魂与灵魂的相遇，有的是清风净水明月，有的是宁静、淡然、清欢。在这里，一哭一笑一个人，一花一草一世界，自己就是世界，世界就是自己。

习惯于一个人在缄默中行走，让懂的人懂，让不懂的人依然不懂。就如此时，一个人漫步在落叶满地的小巷，聆听树叶沙沙的声响，疑似雨下，清欢满怀。风扬起我的长发，柔软地抚过脸庞，这一刻，风是安静的，我是安静的，时光也是安静的，就这样安静地走着，走过季节的秋天，也走过人生的秋天……

缄默，使心灵沉静，使灵魂得到升华，这是一种怡然自得的孤独、寂寥与淡然的生活状态。孤独中浸透着丰盈，寂寥中流动着斑斓，淡然中荡漾着清欢，这些都是人生最真实、最深的味道。"淡泊以明志，宁静以致远"，一个人在缄默中行走，远离情感的纠葛、功名的牵绊，静看花开花落云卷云舒，便会一路收获绵长幽远的幸福与快乐。

第十章
夜色如海

（一）

已记不清这是今冬的第几场雨了。

雨，淅淅沥沥地下个不停，落叶，在雨中纷纷扬扬地飘落。如若，行走在街头，我一定会伸出手掌，接住一片落叶，用掌心里的暖，去温暖落叶沿着脉络蔓延的孤单。而此时，我站在阳台，全然没有了这份情绪，只是透过雨帘，看落叶在雨中独自飘舞，看天地一片苍茫。

暮色将合，雨水的声音在暮色中渐渐地清晰起来。临窗听雨，总觉得，这些雨，不是落在地上，而是落在我的心头，隐隐地发凉。

城市的街灯次第亮了起来，给灰色的天空几许温暖与亮色。夜色中的城，像一位历经沧桑的老人，在雨中慢慢地沉静下来。他用博大的胸襟包容了尘世的纷扰与争斗，还尘世一个表象的安静与淡然。喜欢夜色中的城，远离了白天的喧嚣与嘈杂，若一个熟睡的婴儿，安静地躺在深蓝的苍穹下，如一片静谧的海。

临窗独坐，安静地听一帘风雨。

许是性格使然，一直偏爱独处。喜欢独处带来的沉静与感思。许多时候，一个人静静地待着，听一首歌，品一阕词，写些寂寞的碎语，看一段自己喜欢的文字。或者，有时候什么也不想什么也不做，只是安静地躺在床上，傻傻地看床顶上的灯，脑子一片空白。独处于我，是一种飘浮不定的情绪，是一种悠然自得的生活状态，也是一种欲说还休的寂寞与孤单。

就如此时，一个人听雨。无边的寂寞如漫漫的夜色一点、一点地将我淹没。我坐在窗台，任由思绪在雨中飘荡。

（二）

任凭弱水三千，我只取一瓢饮。一直觉得，遇见你是我的幸运，是彼此前世修来的缘分。

许多年来，一直过着画地为牢的日子，一个人行走在孤独的城堡里，把自己锁得很死，锁得很深，不想走出去，也不想别人走进来，把一切的一切都禁锢在内心深处。遇见你，便有了倾诉的欲望，你如一只蜡烛，慢慢地融化了我内心的寒冰。倾诉，是灵魂的交融，是一个灵魂走进另一个灵魂的捷径。每每向你倾诉那些如梦如烟的往事，总觉得你如一个单纯透明的孩子，那么真诚，没有一丝虚伪。当慢慢走进，才发现，彼此有那么多相似的痛楚与无奈。

很多个凉月若水的夜，我们握住缕缕湿漉漉的思念，借着月色，放逐彼此冗长的念想。白月光，照亮城市的两端，那么忧伤，碎裂一地的相思。我们捡拾零落的片断，温暖一个又一个凉夜。

还记得那些唇齿相依、相互取暖的日子。雪花飞舞的时节，你告诉我，你们那儿已下了入冬以来的第三场雪。在梦里，我长发翻飞，与你一起看雪，一起数着雪花，一片、两片、三四片；梦醒，你眼角全是泪，一滴、两滴、三四滴。我在遥远的城市，聆听你寂寞的心语，听得心儿发疼。我的清泪，一滴、两滴、三四滴，漫过脸颊，滑至唇，微微的涩。

（三）

窗外，雨声起伏，夜色如潭。在这个无边的雨夜，谁能与我共坐，倾听我如潮的心语？感染我起起落落的忧郁？

窗台上的菊花，一瓣一瓣地凋落。轻轻地拾起花瓣，它们如初开时一样温润，柔滑，那些花瓣，安静极了。透过夜色，我想起前些日子看过的那一坡野菊，不知此时，那一缕缕金黄，是否已香消玉殒。念起，心便有些纠结，无边无尽地怅然。

菊花红，菊花黄，菊花开过，开得人心透凉，那样的凋零，不记得也罢。

黄菊开时伤聚散。想起前段时间，你一遍又一遍地说："如果真的累了，你想离开就离开吧。"这些日子，我一直想着这句让我痛彻心扉的话。好多次试着离开，可总有那么多的不舍与放不下牵扯着我远行的脚步。也许，离开，于彼此是一种长久的安慰与解脱。于自己，离开、转身，回到画地为牢的城，孤独地远行，也许是彼此灵魂的释然。

好长一段日子，一个人徘徊在"是否该安静地离开还是该勇敢地留下来"的念想里。时常在梦里出现一幅凄楚的画面：转身，离开。背影留给背影。夕阳把影子一点、一点地拉长，直到消失得无影无踪……

雨，还在不停地落着，夜色茫茫。也许，远方的你，正和我一样独坐窗前，望着纷飞的雨，心中充满了忧伤与思念。

满室寂然。一盏孤灯，恰如你浅浅的笑，摇曳在我起伏的心海。

窗外，夜色如海；雨声，寂寞如烟；心中，思念如潮。

第十一章
用文字取暖

一朋友发来信息："最近忙碌什么呢？好久不见你的文字，蛮想念的。"这位朋友是自己文字的一个爱好者，他说，很喜欢我的文字，对我所有的文字都一字一句地读，有时还整篇文字一字一句地抄写。每当孤单感伤时，总喜欢去品我的心情文字，在文字里会找到些许温暖与快乐，产生心灵上的共鸣。

朋友的话让我很是感动，从来没有想过，自己的那些随性的心情文字，会给某个远方的朋友带去几缕暖和与慰藉。

其实，对于文字，说不上爱，却满是喜欢。记忆里，最初对文字的喜欢是小学时光，那时，语文老师常把我的作文当成范文在班上念。看着小伙伴仰慕的眼神，总会有几许小小的自豪与喜悦漫延开来。

初中到大学一直住校，读了不少的书，中国的、外国的，从散文、杂文、小说到诗歌，因而，也记住了许多文人的名字。只是，读得多，却记得少，随着时光的流逝，读过的书慢慢地变成一个故事，或者，某行诗、某句话。当然，读的多，却写的少，偶尔在文字比赛中得个奖，会乐上几天，唯一坚持的便是写日记，从初中到大学，写了厚厚的几本。我是一个特别内向的人，不喜欢也不善于与别人交流，所以，日记成了自己最好的朋友。总喜欢在夜深人静的时候，打开日记本，写一些零碎的话，记下些许幸福、快乐、忧伤与疼痛，还有那些随风而逝的心事。

记忆，若盛在玻璃瓶里的香水，每每打开，总有一抹淡雅的香气扑腾而来。打开日记本，如若打开一段岁月，那些青葱日子、水样的春愁，还有那些青涩的情感，在时光的深处来回地飘荡。其实，飘来荡去的是自己灵魂深处的情愫，总会不经意地想起某年某月某一天的邂逅与分离，淡淡地，却说不出地疼。疼后，仿佛又有一丝湿湿的暖。

走出大学校园，好多年，远离了文字。这些年，恋爱、结婚、生子、打拼事业，"生存第一"的原则永远是最现实的问题，我常想，也许自己是不属于文字的，对文字无论有多么的喜爱，自己也永远无法抵达什么岸、什么边的。

再次与文字结缘是走进了网络，喜欢网络这个虚拟的世界。其实，说是虚拟，但文字背后的人是真实存在的，是有血有肉的鲜活的个体，这种虚与实，幻与想，很适合自己的个性。

喜欢在网络里游弋，灵魂有种轻轻地来，悄悄地走的飘逸，不留痕迹，像一缕寂寞的风，散乱在黑黑的夜。

喜欢用浅淡的文字细琐一些隐约的温暖，还有，淡淡的感伤。有好多朋友问过我：为何写出那么多让人疼的文字？我回答不上来。因为，我自己也不知道，为何悲伤总是围绕着我，像阵阵细雨洒落在我的心里。但我习惯，在静夜，临窗听风、听雨、听落花散落的声音，傻傻地仰望苍穹，用微凉的指尖敲打一些零落的文字，抒写寂寞的心语。

有人说，快乐的女子不写字，写字的女子不快乐。我不知道，这句话是否适合更多的女子，但至少我是这样的。当一个人真正快乐时，她是没有时间来写字的。而我，喜欢在感伤的时候，写一些心语，用文字释放情绪。喜欢在纸上行走，让灵魂与灵魂对话，穿越时空，走进时光的深处，去体味彼此的喜、怒、哀、乐。还有，思念、渴盼、梦想。

文字，我笔我心，写字，从来没有想过结果，只想写自己想写的文字。喜欢做一个安静的女子，习惯一个人在缄默中行走，在某个黄昏，安静地凝视落日忧伤的余晖，在斑驳的时光里零落一层浅浅薄薄的孤寂，而我，坐在时光里，感受着人生的沧桑。

许多时候，我觉得自己是孤独的。有人说，孤独是一种饱满的静美，是人生最完美的一种状态。记得，一位作家曾说："寂寞是一种清福，我们要学会享受。"我并不想去区分寂寞与孤独有什么不同。只是，时常，我站在满是水泥地板与钢筋大厦的城市街头，感到特别的压抑。看着人来人往，却觉得城市比沙漠还要荒凉、颓废，每个人靠得那么近，但完全不知道彼此的心事。

　　有段日子，心事重重，纷扰满身，走到了人生的低谷，却不知道该与何人说。总觉得，现实，像有一道墙立在人与人之间。还好遇着一位文字上的朋友，她的几句话让我茅塞顿开。她说：任何时候不要轻易相信现实中的人，用文字释放情绪吧，只有文字才是自己真正的朋友，因为，文字永远不会背叛自己。

　　当一个人把文字当成朋友的时候，我想，对于文字已经达到了深爱的境界。文字，像血液一样，一点一滴地注入我们全身的脉络，慢慢地沸腾，滋润出一个丰满的灵魂。高于灵魂的，却是文字。笔尖，抖落岁月的风尘，还心灵一抹淡蓝、一片澄明，那时，便有美好的梵音，从月光清冷的远方延伸而来，心海，涌动出体贴的暖来。那些流动的暖，暖了心、暖了情、暖了一世的期许与念想……

第十二章

四月弹指芳菲暮

三月的风吹绿了江岸，桃红如宿雨，柳绿带朝烟，染透了万紫千红的春天。

整个三月，碧绿的柳丝轻轻地飞舞，温柔地拂拭一湾溪水。风乍起，吹皱一池春水，揉碎了微笑如水的模样，荡起浓密的缠绵，漾在寂寞的心海，醉了戚戚的情绪。

穿梭于喧嚣的街头，寻不着来时的足迹，繁花似锦的春色，掩不住的是无尽的荒凉。希望和幸福，如握在手里的沙子，紧紧地握着，怕漏掉了，怕漏光了，再回首，什么也没有抓住，从指间悄然滑落的是再也觅不回的时光。

儿时的梦流淌着简单的快乐和希望，"穿花蛱蝶深深见，点水蜻蜓款款飞"的日子，渐渐地凝固成光阴里的故事，慢慢地散淡成似有若无的痕印。

微雨淡河汉，疏雨滴梧桐。家乡老屋的青瓦湿了又干，干了又湿，慢慢地长出浅浅的青苔，绿了芭蕉，红了樱桃，润了遗失的梦想。屋顶袅袅升起的炊烟，淡蓝、淡蓝，弥漫着暖暖的馨香，母亲捆着陈旧的围裙，站在矮矮的屋前，久久地眺望，她发间的衰草遮不住苍老的容颜，却抚平了我褶皱的心伤。"孩子，哭吧！"母亲长满老茧的双手，为我抹去了红尘里的纷争、繁乱、忧愁，回归了寂寂的宁静和淡然，母亲薄弱的肩膀是我心灵厚实的依靠。

月色凝滴，乱愁如织。一个人漫行在灯火辉煌的城市，仰望星空，"似此星辰非昨夜"，往昔的风景已随风而逝，年轮暗换，物是人非，家乡那一树梨花一溪月，亦不知今夜属何人？

枕上梦垂泪，花间睡断肠。梦里的细雨落花、蓝天白云、暖风夕阳，轻扶着水样的月光，淌过三月的心河，漫入四月的雨季。

伴随着雨季一同醒来的还有前尘旧时的心事和那些久远的记忆。

无数次梦回烟雨，独自徘徊在悠长而又寂寥的雨巷，期盼着重逢的愉悦。夜半醒来，帘外雨潺潺，春意阑珊。始明白，梦里不知身是客，一晌贪欢。

还记得月初那个飘着小雨的黄昏，自在飞花轻似梦，无边丝雨细如愁。一个人漫步在江畔，静静地看着轻风吻着细雨，细雨送着落花，满眼怜惜，胜绝，愁也绝。想起多年前那个飘雨的黄昏，我们撑着伞在江畔行走，江畔开着一些不知名的花儿，时有飞鸟掠过，我们说着一些温香软语，温暖的笑如花儿绽放。

恍惚中，笑声还响在耳畔，而你已不在我身边。细雨湿衣看不见，闲花落尽听无声，花落人独立，久久地凝视，落红难缀，伤心堆积。一生里有许多际遇，若细雨湿衣、闲花落地，当时并无声息，蓦然回望，那人早已不在，挥之不去，追寻不得，徒增缕缕愁绪，悠悠不绝，扰得人无处逃脱。

人生几回伤往事，泪眼问花花不语，明年谁凭此栏杆？乍晴还阴的日子，温软的阳光，颤抖着淡淡的喜悦和忧伤，洒满了青草江畔。

天清如碧，淡蓝明透，雨露柔润，一个人徜徉在江边，静静地思，浅浅地念，想着一些似有若无的心事，某些熟悉的味道在风里繁盛。

泥融飞燕子，沙暖睡鸳鸯，不知江岸躺在沙滩上的那种鸟是不是鸳鸯？见着人来双双飞去。

有人说，幸福，如鱼饮水，冷暖自知。真正的幸福其实很简单，简单到只是两情相悦，双栖双飞。只是，有些幸福擦肩而过，错失了便是永远，留下些许深深浅浅的印痕，任由时光憔悴容颜。

忆君心似西江水，日夜东流无歇时。思念，如一江春水，不期而至地从内心的最深处漫出来，千丝万缕，绵长幽远，让人甘愿沦陷其中。

望着浩浩的江水，忆起李白的诗句："弃我去者昨日之日不可留，乱我心者今日之日多烦忧。"

人生很短暂，短暂得只有昨日和今日，世间的悲欢离合，有时无异于转过寻常巷陌遇见一个寻常人。可，有些寻常人遇着了便不再是寻常人，他会永远躺在你的记忆里，如影随形。

"抽刀断水水更流，举杯消愁愁更愁"，尘世里，某些愁绪，终不可解，连飘逸洒脱的李白也只有散发弄舟，选择逃避，然，谁又能保证，他的扁舟，依然不是会在江水之中荡漾呢？

　　这样想着，心绪便淡然了许多。"悲莫悲兮生别离，乐莫乐兮新相知"，也许，缘于离别，才有了铭心刻骨的相思。

　　也许，我和你，永远不会有"蓦然回首，那人却在、灯火阑珊处"的喜悦，只会是"高城望断，灯火已黄昏"的绝望。或许，在梦里，彼此会相逢在花丛里，笑语盈盈。

　　江岸的满树翠绿代替了三月里的花团锦簇，细琐的花瓣已随风老去，偶有落红飘过，一片飞花减却春。

　　蓦然回望，春光已老，佳期如梦，往事悠悠成浩瀚，四月弹指芳菲暮，某些念想，在春色里安静地苍凉。

第十三章
月缺难圆，梦醉西楼

　　月色朦胧，凉风徐徐，一个人行走在寂寞的夜里。

　　江畔的灯，滑过柳荫，散落一地斑驳的影，宛若来时路上的故事留下的些许印痕，深深浅浅，随着柔风淡月转动着齿轮般的梦。

　　身影被光拉得瘦长，影子如一忠实的情人，无怨无悔地尾随着我。恍惚中，影子是我，我是影子，轻舞孤独的灵魂，漫无边际地在夜色里游移。

　　心烦意乱的时候，总喜欢独自徜徉在江畔，听风吹来某些久违的熟悉，任由如水的心事静静地流淌。

　　想起张小娴的那篇文章。

　　"你悲伤的时候，首先想到谁?"文章里说：你悲伤的时候，你想要跟哪一个在一起，你首先想到她，才是爱她多一点，如果你开心和悲伤的时候想到的都是同一个，那就最完美。

曾经的我们如鱼和水一样，快乐着彼此的快乐，悲伤着彼此的悲伤，搂着彼此的伤痛，相互取暖，宁静而淡然的时光，变得流光溢彩，浸润着柔软的幸福。

　　可最终，我们失去了彼此，在喧哗的尘世中、在茫茫的人海里。那些过往的记忆，那些记忆中的熟悉，在流光中渐行渐远，远过千山，远过万水，远过了生死的距离。而自己若孤单的茧，依旧沉睡在那段流年里，不愿醒来，期盼着没有结局的故事的延续。

　　无数个静寂的夜，水风轻，月露冷，孤枕难眠，浅睡还醒。我躺在温软的记忆里，夜夜愁绪生长。你模糊的影，缭绕着细腻的隐痛，在梦中，落我一身衣裳。

　　静坐在栏亭里，江风习习，长发轻扬，月在飘浮的水面上像磷光般闪亮。仰望苍穹，一轮明月飞彩凝辉。静默在华灯之下，感染月光的那一抹清冷，期盼着一场与古人、与时间的对话。

　　明月几时有，问青天，问人间，问明月？不知此时，远方的你，是否已安然入睡？抑或，在千里共婵娟里，若我一样，浸染相思几许，望月兴叹？想起那年七月的夜，月色如水，茉莉花安静地开着，你从江南，遥遥走来，忧郁的眸子，若风的身影，落我一身苍凉与欢喜。

　　"梨花院落溶溶月，柳絮池塘淡淡风"。不知山峦的深处，那个青衫湿衣的你是否还在昨夜星辰昨夜风里，听取蛙声、蝉鸣，独自感伤？

　　漫步在江畔，夜凉如水，草木含香，淡淡的月光淌落一地的银光冷意。

岸边的柳絮，在月光里钓着相思，你飘来蓝色忧郁的影子，如那水里游来游去的鱼。有些许零散的落红，涉过这面写着睡莲的蓝玻璃一样的江水，那活在微笑中的，是不朽的忧愁。

记忆是一种寂寞，在记忆中寂寞，在寂寞中怀想。来来去去的片断，在岁月里漂泊。许多光阴里的碎片，静静地停泊在心灵的港湾，找不到梦的出口，红尘的岸边，落满等待的伤感。我的生命开始变得疲惫，无由地饥渴，我永恒光滑的纸页上，奢望今日与明日相遇的交点，不知何时才是淡去的尽头？

还记得那个黄昏，站在夕阳里，默默地望着青山绿水，看远山和飞鸟的影子，一点一滴地消失在尽头。我的心随鸟儿飞走，你的身影，涉水而来，在眸子里浸染成浅淡的水粉画。我抬头看天，追逐着飞鸟的影子，不去回想，冬天的寒冷和那一地的绝望，某些暖，隔着暮色来临。

记忆是一种颜色，有一双隐形的翅膀，某种希望便有了飞翔的理由，在记忆里鲜活。我把往事淋漓成相思闲愁，雨天看烟雾纷飞，晴天看白云飞渡，不知今夜的微风，会不会是明天的梦，我生命的风景或阴影，会不会是你的全部。

你说，爱我胜过爱你自己。你还说，爱我一生一世。

失去后的日子才慢慢明白，相思很浓，想念很重，你的爱让我疼痛。几度东风，几度飞花，缘来、缘去，聚散苦匆匆，而我们，今生无缘。匆匆那年，一转身便是一辈子，挥手便定格成永恒。

夜渐深，烟雾飘散，垂柳依依，风透过树梢，送来微微的凉意，月色淡淡的光辉穿过柳荫，隐隐约约地划破了夜的昏暗与静谧。

回到寂静的家里，躺在床上，久久无法入眠，又一次聆听《梦醉西楼》，熟悉而忧伤的旋律缓缓响起：望着你我心里难受无语泪流/你的温柔我不再奢求/往事历历不堪回首/月缺难圆梦醉西楼。

某些熟悉的味道遥遥而来，一同来的，还有你的身影与气息。心在曲子里沉溺，一行清泪悄然滑落，舞乱一抹浅浅的忧伤，淡成一片寂寂的影。

伫立阳台，波心荡漾，冷月无声，此时明月，曾几番照我满身的清凉。怅然回望，今夜，月华如水，我用思念采撷月光湖上的涟漪，让梦在水里泅渡，黎明用鸟鸣唤醒湿湿的灵魂，让爱，在宁静中盛开。

第十四章
有谁共鸣

　　穿过五月的记忆，某些久远的熟悉在风中弥散，杜鹃花安静地盛开，紫色，或红色，缀满枝头。静坐，闲看，便有些许愁绪蔓延开来，随着缓缓的风飘远，散落一地的叹息，碎裂了往事。

　　朝着某个方向行走，没有目标，几许淡定，几多凌乱。人，有时会忘记欣赏路上的风景，而有时会忘了回去的路径。细碎的阳光宛如一地的残红，微微的湿润，温暖不了渐凉的视线。

　　空气里浸染着淡淡的香味，严格说来，那不是香，而是落叶、残红腐烂的气息。许是那句"落红不是无情物，化作春泥更护花"牵引了我的嗅觉，我固执地认为这是生命里溢出来的清香，用心才能吸出甘甜与芬芳，只有这样的香才会渗透到骨髓里，经久弥漫，一生回味。

　　习习的风如温柔的手，抚摸着飘逸的长发，把远远近近的故事轻泻上浅淡的忧伤，闪烁在眼里，凝固成泪。

有人说，一滴泪便是一个故事。然，我的泪，滴落在尘埃里，被风揉破，烘干，捡拾不起，滑落在青草上的是破碎的阳光。

过往的记忆便成了散乱的碎片，某个时候会突然跑出来，牵制你的脚步，扰乱你的思绪，纠缠你的心扉，触疼你最柔软的情感，你使劲地拼凑，怎么也回不到最初的模样，千疮百孔，随了风来来回回。

偶尔，会有回到原地的恍惚，却不料流年暗换，物是人非，也无风雨也无晴。遗失的是再也寻不回的光阴，所有的行走，变得凉薄而悲伤。蓦然回首，阑珊灯火处，那人早已不在，飘过的尘影，在熟悉中陌生。

很多时候，喜欢静默在某个角落，安静地仰望苍穹，痴痴地看着天空里飘来飘去的云朵，把大段、大段的时光白白地浪费掉。在仰望里，追逐着飞鸟的方向，想起某些人，某些事，某段时光，在清晰与模糊，清醒与迷茫中交替，而自己并不明白，失去与得到有何实际意义。

也许是雾都的缘故，重庆的天空总是灰蒙蒙的，压抑而阴郁，仿如心底沉淀的故事，斑斑驳驳的影子涂抹着浅浅淡淡的痕迹。

有时，浓云如墨，遥遥望去，如一无底的黑洞，仿佛要把目光搁置在万丈的深渊。走近了，也许只是一片浅灰。可，很多时候，我们无法靠近，只可远远地观望。就如我和你，心里揣着飘浮在云端的爱，可望而不可即，徒增缕缕的闲愁，捆绑着记忆的绳。

风清、云淡、微蓝的景象偶尔也会不期而至。那时，指尖若水，滑过悠悠的柔软，细腻如风，把零散的心绪细碎成微疼的文字，淡雅，释怀，让懂的人懂，让不懂的人不懂。

然，有一天，懂的人走了。我还是我，你还是你，只是多了一些忆痕。而，世界依然是世界，我重新回到了美丽的茧里，独自忧伤，独自彷徨，独自孤寂。

一个人，漫无目的地行走，从日出到日暮，终没有走出自己，只是忘了心到底有没有哭泣。

人生会有几回这样走过？为了忘却的记忆。

某年某月某日，回望，审视。也许，会寻觅着些许岁月留下的脚印；也许，怅然若梦，了无痕迹，遗落一地的心事已随风去；也许，会恍然大悟：花开在旅途，失去也是一种幸福；也许已没也许。

静坐黄昏，隔着暮色听风。远处的山峦轻吻着最后一缕残阳，让人情不自禁地就想起李商隐的："夕阳无限好，只是近黄昏"，心便漫出似有若无的隐痛，侵袭着倦怠的情愫。

累了，真的累了，心却不愿意歇息。不想如此，是不得不如此。人，有时会身不由己。

夕阳洒下柔和的余晖，映照着缓缓前行的江水，折射出柔软的波光，在黄昏里放飞无限的希冀。

水中荡漾的那抹涟漪，是你捎来的相思还是情人谷里深蓝的泪滴？搅拌得寂寂的心事无处可以安置。想起多年前的黄昏，我们手牵手在嘉陵江畔漫步，你用岸边的石子，溅起水漩的气息，落我一脸的潮湿。你回过头，浅笑若风，用手轻轻穿过我的长发。

多年前的场景，在夕阳里重叠，仿佛如昨。只是不知，温香软语，前尘旧事，闲愁破闷是否会随了江水东逝？累赘的忧伤能否付诸浅笑里？

"望帝春心托杜鹃"，蜀帝有杜鹃可托，而自己呢，一腔寂寞的心绪，说与谁听？期许中的渴盼，山高水远，遥遥无期，远过了生与死的距离。

也许，再次重逢，已错过了花开，不再美丽。若是那样，不如就此作别，把彼此遗忘在红尘里，今生今世不再相遇。挥挥手，背影消失在灯火里，这何尝不是最好的结局。

夜，悄然而至，在沉寂中，渐渐安静了城市的夜空。灯影婆娑，清辉流淌，在树与树的轮廓之间，溢出来洒落满地，描摹成影。

行走在寂寞的夜里，静静地回忆一起走过的日子，心门四合。从此，为自己披上孤独衣。

远处的琴声，隔着夜色流动，旋律很低，很沉，很伤感，像一支飘动柔情的黑箭，穿越静寂的耳，穿透脆弱的灵魂。风声穿过发梢，某场遇见来不及说再见，彼此已走远，把背影留给背影，从此，远眺的眸子，住进风中。

第十五章
一江春水向东流

许是风入窗棂，人离幽梦，凌晨醒来。

最近时日，仿若回到了初识的那段时光，夜半总是莫名地从睡梦里惊醒，无法再眠，散落满地相思。

不想开灯，静静地躺着，让如水的心事在寂寥的黑夜里蔓延。

往昔，每每夜半醒来，总习惯于给你信息，无论多晚多累，你总会陪我说说话、谈谈心。我们漫无边际地说着一些闲言碎语，把天涯变成咫尺。整个夜里，流淌着简单而纯净的快乐，弥漫着温软而甜润的情愫，糅合了夜的静谧。

想着，心海便升腾出缕缕缠绵隐痛。泪，悄然滑落，湿了衣襟，湿了心绪，湿了记忆。一起走过的日子若电影片断慢慢地溢出来，模糊了又清晰。

有人说，回忆，缘于遗忘，或想起。

春天开花，夏天成长，秋天结果，冬天凋零，一年、一年就这样过去，一段、一段回忆在心里，堆积成今生无法逾越的栅栏，站在栅栏的风口，某段流年，一直在风中行走，有你，有我，有零落的记忆。

夜，静得可以听见自己的呼吸，淡雅如昨的忧伤在春草的清辉里邂逅。

寂寞这片离愁之海，渐渐馥郁成断肠酒，有绝世的香浓，可惜饮一口便会肠断。断送得一生憔悴，只消你几个黄昏。

随着年龄的增长，越来越不喜欢迪吧、酒吧、歌剧院这些喧哗的场所。反而，从喜欢寂寞到爱上寂寞。寂寞是一种境界、一种禅意。真正的寂寞不是寂寞，而是一段往事、一段流年、几抹愁绪。

只是，今宵此刻，茫茫红尘里，谁为谁在寂寞？

夜深人未静。披一件薄薄的外套来到阳台。

倚栏而望，一弯淡月，些许星辰，点缀着静寂的夜空，江畔的灯火已阑珊，江面弥漫着薄薄的雾霭，透过水雾，能隐隐约约地见着渔火微弱的光辉。

倾泻的月光若温柔的素手，轻轻地触摸着心底深处那一缕柔软的情绪，许是感伤，许是感悟，自己也无法释疑，心便沦陷在若有若无的回忆里。

和你离别的这些日子，慢慢地学会了在疼痛里思索。人的一生会遇上许多人，真正能驻足停留的能有几个？生命是终将荒芜的渡口，连我们自己也只是过客。人生如白驹过隙，岁月蹉跎，便两鬓苍苍。

翻云覆雨的痛苦到最后也不过是心底轻轻的一声碎裂。

只是，红尘里有种情愫若水一样绵长，有种情愫比爱、比痛更明透、幽远，那不是爱情、苦痛，而是某种牵挂与眷念。

就如今夜的我，把自己浸润在湿湿的清辉里，感受着浅淡的忧伤和思念，千里之外的你，可否感染？如果，月光能以风为弦，捎去我的心语，我只想轻轻地道声"你还好吗？"

江风吹来，长发轻扬，微微的凉气里浸透着一股幽远的淡香。

喜欢长发随风飘飞的感觉，像某场风中的行走，把遥远的惦念拉近，某种熟悉的味道便在风里来去。总觉得，风儿能带走某些痛苦、感伤与寂寞，没有风，我是寂寥的，没有风，我比风儿还要寂寞。

风起的日子，我散落了我的长发，飘散我的记忆和奢望。想起那些风起的日日夜夜，我们端坐在时光的岸边，听风吹开夜色的沉重，一粒莲心，隔着月光绽放，还清风月明的世界，如此的清透与明亮。

江面的薄雾慢慢地散去，水面上倒映的是星辉糅合着船上暖暖的渔火点点，静静地沐浴在朦胧的月色里。心，慢慢地一同沉醉。

置于此情，便想起了诗人唐温如的"醉后不知天在水，满船清梦压星河"的词句。此时的我，无法去揣摩诗人醒来后的心绪，只是感叹：盈盈一水间有多少轻想、喜悦、忧伤缠绕着天上人间的梦，就像窗帘隔断夜色，你经过的脚步，在梦里与我的眼睛重逢。

有微细的水声划破了夜的宁静。夜将尽，江面上的小船慢慢地晃动起来，又开始了新一天的生活。脑海里不自觉地想起徐志摩的诗：寻梦？撑一支长篙/向青草更青处漫溯/满载一船星辉/在星辉斑斓里放歌……

低吟着这些断句，心绪像映在花瓣上的温柔晨光，慢慢地明亮起来，充满着细碎的喜悦，期待着晨曦初现天际时映入眼帘的第一抹亮光。

天微明，堤岸的柳絮揉碎了一江春水，柔波里掩映着梦的影子，淌着温润的水波、淌着缠绵的思念、淌着温香软语，缓缓地随了一江春水向东流去，流向某个未知的远方。

久久凝眸，我的唇寂静无语。